Nikolai Leskow

Der versiegelte Engel

und andere Geschichten

Übersetzt von Alexander Eliasberg

Nikolai Leskow: Der versiegelte Engel und andere Geschichten

Übersetzt von Alexander Eliasberg.

Der versiegelte Engel:
  Erstdruck in Heft 1 der Zeitschrift »Russki Westnik«, Moskau, 1873 unter dem Titel »Sapetschatlenny angel«.
Die Epopöe von Wischnewskij und seiner Sippe:
  Erstdruck: 1880.
Der Toupetkünstler:
  Erstdruck in: Chudoschestwenny schurnal, 1883 unter dem Titel »Tupeiny chudoschnik«.
Anläßlich der Kreutzersonate:
  Aus dem Nachlass.

Neuausgabe mit einer Biographie des Autors
Herausgegeben von Karl-Maria Guth
Berlin 2017

Der Text folgt der Ausgabe von 1922 aus dem Musarion-Verlag, München.

Umschlaggestaltung von Thomas Schultz-Overhage

Gesetzt aus der Minion Pro, 11 pt

Verlag: Henricus - Edition Deutsche Klassik GmbH
Mörchinger Str. 33, 14169 Berlin, info@henricus-verlag.de
Druck: Libri Plureos GmbH, Friedensallee 273, 22763 Hamburg

ISBN 978-3-7437-0369-8

Bibliografische Information der Deutschen Nationalbibliothek

Die Deutsche Nationalbibliothek verzeichnet diese Publikation in der Deutschen Nationalbibliografie; detaillierte bibliografische Daten sind im Internet über www.dnb.de abrufbar.

Inhalt

Der versiegelte Engel 4
Die Epopöe von Wischnewskij und seiner Sippe 72
Der Toupetkünstler 112
Anläßlich der Kreutzersonate 136
Biographie 154

Der versiegelte Engel

1.

Es war um die Weihnachtszeit, am Vorabend des Wassilijtages. Das Wetter ließ sich sehr ungnädig an. Einer der grausamen Landstürme, welche die Winter in den Wolgasteppen berüchtigt machen, hatte eine Menge Leute in den abgelegenen Gasthof getrieben, ein Bauernhaus inmitten der flachen, unabsehbaren Steppe. Dort hatten sich auf einem Haufen Adelige, Kaufleute, Bauern zusammengefunden, Russen, Mordwinen und Tschuwaschen. Auf Rang und Würden konnte man in einem solchen Nachtquartier keine Rücksicht nehmen: wohin man sich wendet, alles ist gedrängt voll, die einen trocknen sich, die anderen wärmen sich, die dritten suchen ein wenn auch noch so kleines Plätzchen, auf dem sie bleiben können. In der dunklen, niederen, mit Menschen überfüllten Stube herrscht eine schwere Schwüle und der dichte Dampf der nassen Kleider. Nirgends ist ein unbesetzter Fleck zu sehen: auf den Pritschen, dem Ofen, den Bänken, und selbst auf dem schmutzigen Erdboden, überall liegen Menschen. Der Hauswirt, ein mürrisch blickender Bauer, zeigt weder über seine Gäste, noch über den Verdienst irgendwelche Freude. Zornig schlägt er das Tor hinter den zwei Kaufleuten zu, die als letzte auf Schlitten in den Hof gekommen sind. Er schließt die Pforte ab, hängt den Schlüssel unter den Heiligenschrank und erklärt entschieden:

»Nun kann kommen wer will, und wenn er mit dem Kopf ans Tor schlägt, ich mach nicht auf!«

Aber kaum hatte er es gesagt, seinen weiten Schafspelz abgelegt, sich mit breiter Gebärde auf Raskolniki-Art bekreuzigt und sich fertig gemacht, auf den heißen Ofen zu klettern, als jemand zaghaft an die Scheibe klopfte.

»Wer ist dort?« rief der Hauswirt mit lauter, ärgerlicher Stimme.

»Wir!« antwortete es dumpf hinter dem Fenster.

»Nun, was wollt ihr noch?«

»Laß uns herein, um Christi willen, wir haben uns verirrt, sind ganz erstarrt.«

»Seid ihr viele?«

»Nicht viele, nicht viele, achtzehn im ganzen, achtzehn«, sagte stammelnd und mit den Zähnen klappernd ein anscheinend ganz erfrorener Mensch hinter der Scheibe.

»Ich kann euch nicht einlassen, die ganze Stube ist mit Menschen ausgelegt.«

»Laß uns nur ein wenig in die Wärme!«

»Wer seid ihr denn?«

»Fuhrleute.«

»Mit oder ohne Fuhrwerk?«

»Mit Fuhrwerken, Lieber, Felle führen wir.«

»Felle! Felle führt ihr, und da wollt ihr in der Stube übernachten. Was es jetzt für Leute in Rußland gibt. Schert euch fort!«

»Aber was sollen sie tun?« fragte ein Durchreisender, der auf der obersten Pritsche unter einem Bärenpelz lag.

»Die Felle herunterwerfen und unter ihnen schlafen, das sollen sie tun«, antwortete der Wirt, schimpfte noch kräftig auf die Fuhrleute und legte sich dann unbeweglich auf den Ofen.

Der Reisende unter dem Bärenpelz warf dem Wirte im Ton eines sehr energischen Protestes seine Härte vor, aber der würdigte seine Bemerkungen gar keiner Antwort. An seiner Statt ließ sich aus einer entfernten Ecke ein kleiner rothaariger Mensch mit einem Spitzbärtchen vernehmen.

»Verurteilen Sie den Wirt nicht, bester Herr«, begann er, »er weiß das aus Erfahrung und hat es ganz richtig gesagt: unter Fellen ist es ungefährlich.«

»Wirklich?« entgegnete fragend der Reisende unter dem Bärenpelz.

»Ganz ungefährlich, und es ist sogar für sie selbst besser, daß er sie nicht hereinläßt.«

»Warum das?«

»Weil sie eine nützliche Lehre erhalten haben, und wenn jetzt jemand hilflos hierher kommt, findet er noch ein Plätzchen.«

»Wen soll der Teufel jetzt noch herbringen?« sagte der Pelz.

»Hör, du«, mischte sich der Wirt ein, »schwatz' kein so dummes Zeug. Soll vielleicht der Widersacher jemand herbringen, wo ein solches Heiligtum ist? Siehst du nicht dort das Erlöserbild und das Antlitz der Gottesgebärerin?«

»Das ist wahr«, bekräftigte der Rothaarige, »einen erlösten Menschen führt nicht der Teufel, sondern ein Engel geleitet ihn.«

»Den habe ich noch nicht gesehen, und weil es mir hier sehr widerwärtig ist, so will ich auch nicht daran glauben, daß mich mein Engel hergeführt hat«, antwortete der gesprächige Pelz.

Der Wirt spuckte bloß wütend aus, aber der Rote erklärte gutmütig, daß der Engelsweg nicht für jeden sichtbar sei und daß nur der ihn begreifen könne, der darin Erfahrung habe.

»Sie reden, als ob Sie selbst eine solche Erfahrung hätten?« sagte der Pelz.

»Ja, ich habe sie.«

»Wollen Sie sagen, daß Sie einen Engel gesehen haben, und er Sie geführt hat?«

»Ja, ich habe ihn gesehen, und er hat mich geleitet.«

»Scherzen Sie, oder machen Sie sich lustig?«

»Gott behüte mich, über eine solche Sache zu scherzen!«

»So haben Sie also wirklich etwas derartiges gesehen: wie ist Ihnen der Engel erschienen?«

»Bester Herr, es ist eine sehr lange Geschichte.«

»Wissen Sie, es ist entschieden unmöglich, hier einzuschlafen. Sie tun gut, wenn Sie uns jetzt diese Geschichte erzählen.«

»Nun schön!«

»So erzählen Sie, bitte, wir hören Ihnen zu. Warum hocken Sie aber dort auf den Knien! Kommen Sie zu uns her, wir rücken etwas zusammen.«

»Nein, ich danke Ihnen! Warum soll ich Sie beengen, und zudem ist es schicklicher, wenn ich Ihnen meine Erzählung auf den Knien berichte, denn die Sache ist sehr heilig und sogar schrecklich.«

»Nun, wie Sie wollen, erzählen Sie aber schneller, wie Sie einen Engel sehen konnten, und was er mit Ihnen getan hat.«

»Schön, ich beginne.«

2.

»Ich bin, wie Sie mir zweifellos ansehen können, ein ganz unbedeutender Mensch, ich bin nur ein Bauer und habe den Umständen gemäß eine ländliche Erziehung erhalten. Ich bin kein hiesiger, sondern von weit weg, von Beruf bin ich Maurer und im alten russischen Glauben geboren. Als Waise bin ich von Kind auf mit meinen Landsleuten auf

Wanderarbeit gegangen und habe an verschiedenen Orten gearbeitet, aber immer mit derselben Gesellschaft, bei meinem Landsmann Luka Kirillow. Dieser Luka Kirillow lebt heute noch: er ist unser größter Bauunternehmer. Sein Geschäft hatte er von altersher, es war schon von seinen Vätern begründet, und er hatte es nicht vergeudet, sondern vergrößert, und sich einen großen und reichen Besitz geschaffen, aber er war und ist ein prächtiger Mensch, der niemand etwas zuleide tut. Und wo sind wir mit ihm nicht gewesen? Ich glaube, wir haben ganz Rußland durchzogen, und nirgends habe ich einen besseren und würdigeren Brotherrn getroffen. Und wir lebten bei ihm ganz friedlich und patriarchalisch, er war Bauunternehmer und unser Leiter wie im Handwerk, so auch im Glauben. Wir zogen mit ihm unsern Weg zu den Arbeiten, wie die Juden auf ihren Wüstenwanderungen mit Moses, und sogar unsere heilige Stiftshütte führten wir mit uns, von der wir uns nie trennten: das heißt, wir hatten unseren ›Gottessegen‹ bei uns. Luka Kirillow war ein großer Verehrer gemalter Ikonen und besaß, beste Herren, ganz wunderbare, alte, sehr kunstvolle, teils echte griechische, teils von den ersten Nowgoroder oder Stroganower Malern. Ein Bild strahlte schöner als das andere, aber nicht nur durch die Beschläge, sondern durch die Klarheit und Gewandtheit der wunderbaren Kunst. So Erhabenes sah ich später nirgends mehr! Er hatte Bilder mit Jesus in zwei Gestalten, ein nicht von Menschenhänden gefertigtes Erlöserbild mit feucht glänzenden Haaren, Heilige, Märtyrer, Apostel, und wunderbarer als alles andere waren vielgestaltige Bilder aus der Heiligengeschichte, die zum Beispiele die Feiertage darstellten, das Jüngste Gericht, Heilige, Konzile, die Schöpfungswoche, die Dreifaltigkeit mit Abrahams Gebet im Haine Mamre, mit einem Wort, all diese Pracht kann man gar nicht beschreiben, und solche Bilder malt man jetzt nirgends mehr, weder in Moskau, noch in Petersburg, noch in Palichow; von Griechenland gar nicht zu reden, wo diese Kunst längst untergegangen ist. Wir alle liebten unser Heiligtum mit leidenschaftlicher Liebe, wir zündeten vor ihm die heiligen Lampen an und hielten uns auf gemeinsame Kosten ein Pferd und ein besonderes Fuhrwerk, auf dem wir den Gottessegen in zwei großen Kisten überall mit uns führten. Zwei Bilder waren von besonderem Wert; das eine von alten Moskauer Meistern, die für den Zaren arbeiteten, den Griechen nachgebildet: die allerheiligste Himmelskönigin betet im Garten, und vor ihr neigen sich alle Zypressen und Oliven bis zur Erde; das andere aber war ein Schutzengel, eine Stroganower Arbeit. Es läßt sich gar nicht sagen, was für eine Kunst in diesen beiden Bildern war! Du schaust auf die Himmelskönigin, wie sich vor ihrer Reinheit die seelenlosen Bäume neigen, und das Herz schmilzt dir im Leibe und zittert, du schaust auf den Engel … und wirst voller Freude! Dieser Engel war wirklich unbeschreiblich! Sein Gesicht, ich sehe es auch jetzt vor mir, leuchtet himmlisch und so gütig: sein Blick ist mild, an den Ohren hat er ein weißes Band als Zeichen des Allhörens, seine Kleidung glänzt, die Gewänder sind mit Gold durchwirkt, die Rüstung ist gefiedert, die Schultern gepanzert; auf der Brust trägt er das Antlitz des Erlöserkindes, in der rechten Hand hält er das Kreuz, in der Linken das Flammenschwert. Wunderbar! Wunderbar! … Die Kopfhaare sind blond gelockt, fallen über die Ohren, und Härchen an Härchen ist wie mit der Nadel gezogen. Die Flügel sind breit und weiß wie Schnee, der Untergrund leuchtender Lasur; Feder sitzt an Feder, und im Flaum jeder Feder Härchen an Härchen. Du schaust auf die Flügel, und wohin ist deine ganze Angst verschwunden? Du betest: Beschatte mich! Und sogleich wirst du ganz still, und in deine Seele kehrt der Friede ein. Was war das für ein Bild! Diese beiden Bilder waren für uns dasselbe, wie für die Juden ihr Allerheiligstes, das Bezaleel mit wunderbarer Kunst ausgeschmückt hatte. Alle anderen Bilder, von denen ich eben erzählte, führten wir in besonderen Kasten auf dem Wagen, aber diese beiden legten wir nicht einmal auf das Fuhrwerk, sondern trugen sie: das der Himmelskönigin trug Michailiza, Luka Kirillows Frau, die Darstellung des Engels aber verwahrte Luka selbst auf seiner Brust. Er hatte für dieses Bild ein Säckchen aus dunklem Brokat machen lassen mit einem Knopf und mit einem scharlachroten Kreuz aus Stoff an der Vorderseite; oben war eine dicke grüne Seidenschnur angenäht, um das Bild um den Hals zu hängen. So trug Luka die Ikone immer auf der Brust, und wenn wir gingen, zog er voraus, als wenn der Engel selbst uns voranschritte. Wir gingen auf Suche nach neuer Arbeit von Ort zu Ort durch die Steppen. Allen voran schwingt Luka Kirillow ein Klaftermaß, anstelle eines Steckens, hinter ihm fährt im Wagen Michailiza mit dem Bilde der Gottesmutter, und hinter ihnen zieht unsere ganze Gesellschaft. Um uns her auf den Feldern Gras, Blumen auf den Wiesen, wo die Herden weiden und der Hirt die Flöte bläst … für Herz und Seele ist es eine Wonne! Immer ging es uns prächtig, und wunderbar war unser Erfolg bei jeder Sache: stets fanden wir gute

Arbeit, unter uns herrschte Eintracht, von zu Hause kamen immer beruhigende Nachrichten. Und dafür segneten wir unseren Engel, der uns voranschritt, und ich glaube, wir hätten uns leichter von unserem Leben getrennt als von seinem wunderbaren Bild.

Und kann man es sich ausdenken, daß wir irgendwie durch irgendeine Schickung unseres kostbarsten Heiligtums beraubt werden würden? Indes erwartete uns dieses Leid, und es wurde uns, wie wir später einsahen, nicht durch menschliche Hinterlist bereitet, sondern nach dem Willen unseres Wegführers selbst. Er begehrte für sich selber diese Kränkung, um uns durch Kummer das Heilige begreifen zu machen und uns den wahren Weg zu zeigen, vor dem alle Wege, die wir bis zur Stunde gewandert waren, durch eine dunkle, pfadlose Schlucht liefen. Aber gestatten Sie die Frage, ob meine Erzählung Sie interessiert, oder ob ich Ihre Aufmerksamkeit unnütz in Anspruch nehme?«

»Nein, wieso denn: fahren Sie gütigst fort!« riefen wir, voll Anteilnahme für seine Erzählung.

»Schön, ich gehorche Ihnen und beginne, so gut ich es kann, von dem Wunder zu berichten, das sich mit dem Engel zutrug.«

3.

»Wir kamen vor eine große Stadt, an ein großes fließendes Wasser, den Dnjeprstrom, um dort eine große und jetzt sehr berühmte Brücke zu bauen. Die Stadt erhebt sich auf dem rechten steilen Ufer, während wir auf dem linken flachen Wiesenufer standen, und vor uns lag die ganze wundervolle Landschaft: alte Kirchen, heilige Klöster mit vielen heiligen Reliquien, dichte Gärten und Bäume, wie man sie in alten Büchern abgebildet findet, spitzwipfelige Pappeln. Du schaust auf all das, und dein Herz brennt in dir gleichsam, so herrlich ist es! Sehen Sie, wir sind natürlich einfache Leute, aber wir fühlen doch die Pracht der gottgeschaffenen Natur! Der Ort hier gefiel uns so sehr, daß wir am ersten Tag mit dem Bau einer vorläufigen Unterkunft für uns begannen; zuerst schlugen wir hohe Pfähle ein, da die Stelle nieder gelegen war, ganz neben dem Wasser. Dann errichteten wir auf diesen Pfählen eine Stube und daneben einen Schuppen. In der Stube stellten wir unser ganzes Heiligtum auf, wie es sich nach dem Gesetz der Väter gehört: längs der einen Wand stellten wir die zusammenlegbare, dreiteilige Heiligenwand auf, zu unterst die großen Bilder, darauf zwei Tafeln für die kleineren Bilder, und so errichteten wir eine Art Treppe bis hinauf zum Kruzifix; den Engel aber stellten wir auf das Chorpult, auf dem Luka Kirillow die Heilige Schrift vorlas. Luka Kirillow wohnte mit Michailiza im Schuppen, während wir uns daneben einen Schlafraum errichteten. Andere, die ebenfalls gekommen waren, um hier lange zu arbeiten, sahen uns zu und begannen ebendort zu bauen, so daß bei uns, der großen Stadt gegenüber, ein kleines Städtchen auf Pfählen entstand. Wir arbeiteten, und alles ging ganz nach Wunsch. Das Geld zur Auszahlung lag immer pünktlich im Kontor der Engländer bereit, und Gott schenkte uns solch eine Gesundheit, daß es den ganzen Sommer über keinen einzigen Kranken gab; Lukas Michailiza begann sogar zu klagen, daß sie gar nicht froh werden könne, so dick werde sie überall. Uns Altgläubigen gefiel besonders gut, daß wir, die wir damals sonst überall wegen unserer Bräuche verfolgt wurden, hier volle Freiheit hatten: es gab keine Stadt- und keine Kreisobrigkeit und keinen Popen; wir sahen niemanden, und niemand kümmerte sich um unseren Glauben oder behinderte uns ... Wir beteten soviel wir wollten. Wenn wir unsere Stunden abgearbeitet hatten, versammelten wir uns in der Stube, wo schon das ganze Heiligtum im Lichte der Lämpchen glänzte, so daß einem das Herz erglühte. Luka Kirillow stimmte das Segenslied an, und wir fielen ein, so daß unser Gesang manchmal bei ruhigem Wetter weit von unserer Ansiedlung zu hören war. Unser Glaube störte niemanden, vielen gefiel er sogar, und zwar nicht nur den einfachen Leuten, die Gott nach russischem Brauche verehren, sondern auch Andersgläubigen. Viele fromme kirchlich Gesinnte, die nicht Zeit hatten, zur Kirche jenseits des Flusses zu gehen, standen bei uns an den Fenstern, hörten zu und beteten mit. Wir trieben sie von da nicht weg, es wäre auch nicht möglich gewesen alle fortzujagen, weil auch hin und wieder die Ausländer kamen, die sich für die alten russischen Bräuche interessierten und unserem Gesang mit Vergnügen zuhörten. Der Oberbaumeister der Engländer, Jakow Jakowlewitsch, stand manchmal sogar mit einem Stück Papier hinter dem Fenster und wartete, um unsern Gesang in Notenschrift aufzuzeichnen, und wenn er dann zur Arbeit kam, summte er nach unserer Weise vor sich hin: ›Herr Gott, erscheine uns.‹ Nur geriet es bei ihm, versteht sich, in einem anderen Stil, weil dieses Lied in der alten kirchlichen Notenschrift aufgezeichnet ist und sich mit den westlichen Noten nicht vollkommen aufzeichnen läßt. Die Engländer, man muß ihnen die Ehre lassen, sind umgängliche und gottesfürchtige Leute, sie hatten uns sehr gern und schätzten und lobten uns als gute Menschen. Mit einem Wort, der Engel Gottes hatte uns an einen guten Ort geführt und vor uns die Herzen der Menschen und die ganze Natur aufgetan. In solch friedlicher Stimmung, wie ich sie Ihnen geschildert habe, lebten wir fast drei Jahre. Alles glückte uns, und die Erfolge strömten über uns wie aus einem Zauberhorn, als wir plötzlich sahen, daß unter uns zwei Gefäße waren, die Gott zu unserer Bestrafung auserwählt hatte. Der eine war der Schmied Maroi, der andere der Rechnungsführer Pimen Iwanow. Maroi war ein ganz einfacher Mann, der weder lesen noch schreiben konnte, was unter den Altgläubigen selten vorkommt, aber doch auffallend: von außen plump wie ein Kamel und wild wie ein Eber, seine Brust war um die Hälfte breiter, als bei einem anderen Menschen, seine Stirn war mit dichten Haarbüscheln bewachsen, aber auf dem Scheitel hatte er sich eine Tonsur geschoren. Seine Sprache war dumpf und schwerverständlich, da er immer mit den Lippen schmatzte, und sein Verstand war so beschränkt, daß er nicht einmal aus dem Gedächtnis beten konnte, sondern nur immer dasselbe Wort vor sich hersagte. Aber er sah in die Zukunft, besaß die Gabe der Weissagung und konnte Andeutungen über kommende Dinge geben. – Pimen dagegen war ein stutzerhafter Mensch, der sich gern wichtig machte und seine Worte so schlau setzte, daß man seine Reden bewundern mußte, aber er hatte einen leichtfertigen und beeinflußbaren Charakter. Maroi war ein bejahrter Mann, schon über die siebzig, Pimen war mittleren Alters und ansehnlich: er hatte krause, in der Mitte gescheitelte Haare, starke Brauen, eine gesunde Gesichtsfarbe und war mit einem Wort ein strammer Mensch. Und siehe: in diesen beiden Gefäßen gärte der bittere Trank, den wir trinken mußten.«

4.

Die Brücke, die wir auf sieben Granitjochen bauten, war schon weit über das Wasser hinausgewachsen, und im Sommer des vierten Jahres begannen wir die eisernen Ketten über die Pfeiler zu spannen. Da wurden wir aber in unserer Arbeit etwas aufgehalten: als wir die Kettenglieder nach ihrer Größe aneinander paßten und mit stählernen Nieten zusammenfügten, zeigte es sich, daß viele Bolzen zu lang waren und daß man sie abschneiden mußte. Aber jeder dieser Bolzen war eine englische Stahlstange und in England hergestellt, aus härtestem Stahl gegossen und stark wie der Arm eines erwachsenen Mannes. Man konnte diese Bolzen nicht glühen, weil der Stahl darunter gelitten hätte, und kein Instrument griff den Stahl an. Da fand plötzlich unser Schmied Maroi ein Mittel: er verklebte den Bolzen, an der Stelle, wo man ihn abschneiden mußte, mit dickem Wagenteer, den er mit Sand bedeckte, steckte dann das ganze Stück in den Schnee, streute Salz herum und drehte und wendete es. Dann zog er es mit einem Ruck heraus, glühte es, und wenn er dann mit dem Hammer draufschlug, sprang es auseinander, wie man eine Wachskerze mit der Schere durchschneidet. Alle die Engländer und Deutschen kamen, um die schlaue Erfindung unseres Marois zu sehen; sie schauen und schauen, plötzlich lachen sie, sprechen zuerst untereinander in ihrer Sprache und sagen dann in unserer Sprache:

»So, Ruß; bist ein tüchtiger Kerl. Verstehst gut Physik.«

Aber was für eine »Physik« konnte unser Maroi kennen! Er hatte ja von der Wissenschaft keine Ahnung und tat nur, wie ihn Gott erleuchtete. Aber unser Pimen Iwanow brüstete sich damit. So war es nach beiden Seiten schlecht: die einen glaubten an die Wissenschaft, von der unser Maroi nicht das geringste wußte, und die anderen sagten, daß Gottes Segen über uns sichtbar Wunder wirke, von denen wir niemals etwas sahen. Und das letzte war für uns schlimmer als das erste. Ich erklärte Ihnen eben, daß Pimen Iwanow ein schwacher Mensch und ein Prahler war, und jetzt muß ich erklären, weshalb wir ihn doch in unserer Gesellschaft duldeten. Er fuhr für uns in die Stadt, um Lebensmittel zu holen, und besorgte die notwendigen Einkäufe; wir schickten ihn auf die Post, um Geld und die Pässe heimzuschicken und die neuen Pässe wieder abzuholen. Er erledigte alle solche Angelegenheiten und war uns, die Wahrheit zu sagen, in dieser Beziehung sogar sehr nützlich. Ein wirklich würdiger Altgläubiger meidet natürlich diese Eitelkeiten und flieht den Verkehr mit den Beamten, von denen wir außer Ärger nichts hatten; Pimen aber freute sich über diese Eitelkeiten und hatte in der Stadt auf dem anderen Ufer eine sehr ausgebreitete Bekanntschaft. Händler, Herrschaften, mit denen er in unseren

Geschäften in Berührung kam, alle kannten ihn und hielten ihn für den Ersten bei uns. Natürlich lachten wir darüber, aber er liebte es sehr, mit den Herrschaften Tee zu trinken und groß daherzureden. Sie nennen ihn unseren Ältesten, und er lächelt nur, und in seinem Innersten schmeichelt es ihm. Mit einem Wort: Hohlheit! So kam unser Pimen auch zu einer nicht unwichtigen Persönlichkeit, die eine Frau aus unserer Gegend hatte. Sie war ebenfalls redselig und hatte irgendwelche neue Bücher über uns gelesen, in denen, wir wissen nicht was alles über uns geschrieben stand. Auf einmal erklärte sie, ich weiß nicht, wie es ihr in den Sinn kam, daß sie die Altgläubigen sehr liebe. Das war eine ganz wundersame Sache. Nun sie liebt uns halt, und so oft Pimen wegen irgendetwas zu ihrem Manne kommt, läßt sie ihn sofort sich niedersetzen, traktiert ihn mit Tee, und er freut sich darüber und setzt ihr seine Geschichten vor.

Bei solchem Weibergeschwätz erzählt er ihr, was wir Altgläubige für Menschen wären; wir seien wie die Heiligen, rechtschaffen und gesegnet, und unser Großsprecher schlägt die Augen nieder, legt den Kopf auf die Seite, streicht sich den Bart und sagt süßlich:

»Ja, Gnädige, wir halten eben das väterliche Gesetz und sind so, daß wir das Herkommen beobachten und einer für den anderen über die Reinheit der Sitten wacht.« Mit einem Wort, er sagt ihr lauter Dinge, die durchaus nicht zum Gespräch mit einer weltlichen Frau gehören. Aber denken Sie sich nur: sie interessiert sich dafür.

»Ich habe gehört«, sagt sie, »daß sich Gottes Segen sichtbar bei euch offenbart.«

Und er bestätigt es ihr sofort:

»Nun ja, Mütterchen«, antwortet er, »er offenbart sich; ganz sichtlich offenbart er sich.«

»Sichtlich?«

»Sichtlich«, sagt er, »Gnädige, sichtlich. Gerade dieser Tage hat einer unserer Leute den mächtigen Stahl wie ein Spinngewebe durchschnitten.«

Die Gnädige klatscht vor Überraschung in die Hände.

»Ach«, sagt sie, »wie interessant! Ich glaube an Wunder und liebe sie schrecklich! Wissen Sie, sagen Sie bitte Ihren Altgläubigen, sie möchten beten, daß Gott mir eine Tochter schenke. Ich habe zwei Söhne und möchte unbedingt eine Tochter. Ist das möglich?«

»Ja, das ist möglich«, antwortet Pimen, »warum nicht? Es ist sehr wohl möglich! Nur ist es in solchen Fällen notwendig, daß Sie für die Öllämpchen opfern.«

Zu seiner großen Befriedigung gibt sie ihm zehn Rubel für Öl, er steckt das Geld in die Tasche und sagt:

»Schön, seien Sie guten Mutes, ich werde es ausrichten.«

Pimen erzählte uns natürlich davon nichts, aber der Gnädigen wurde eine Tochter geboren.

Nun war sie vor Freude außer sich und ließ gleich nach der Geburt unseren Hohlkopf rufen; sie feiert ihn, als ob er selbst der Wundertäter wäre, und er nimmt das alles hin. So leichtfertig wird ein Mensch, sein Verstand verdunkelt sich, und sein Gefühl erstarrt. Nach einem Jahr hat die Herrin wieder eine Bitte an unseren Gott, daß nämlich ihr Mann ihr ein Landhaus mieten solle, – und wieder geht es nach ihrem Wunsch, und Pimen verwendet das Geld, das sie für Kerzen und Öl spendete, wie er es für zweckmäßig hält; zu uns gelangte aber nichts. Und tatsächlich ereigneten sich unerklärliche Wunder. Der älteste Sohn der Gnädigen war in der Schule der größte Taugenichts und ein fauler Schlingel, der nichts lernen wollte; als es zum Examen kam, ging sie zu Pimen und beauftragte ihn, zu beten, daß ihr Sohn in die andere Klasse versetzt werde. Pimen sagte:

»Das ist eine schwere Sache. Ich muß alle meine Leute die ganze Nacht beim Gebet zusammenhalten, damit sie bei Kerzen bis zum Morgen flehen.«

Aber sie besteht auf ihren Willen und händigt ihm dreißig Rubel ein: »Betet nur!« Und was denken Sie? Ihr nichtsnutziger Sohn hat solches Glück, daß man ihn in die nächste Klasse versetzt. Die Gnädige kommt fast von Sinnen darüber, daß Gott ihr solche Gefälligkeiten erweist. Sie gibt Pimen Auftrag auf Auftrag, und er hat schon bei Gott für sie Gesundheit erwirkt, eine Erbschaft, einen hohen Rang für ihren Mann und so viele Orden, daß sie auf seiner Brust keinen Platz mehr finden und er einen, wie man sagt, in der Tasche trägt. Es war einfach ein Wunder, aber wir erfuhren nichts davon. Es kam jedoch die Zeit, wo alles offenbar wurde und ein Wunder die anderen ablöste.

5.

In einer jüdischen Stadt des Gouvernements war bei den Juden im Handel eine schmutzige Geschichte passiert. Ich kann Ihnen nicht genau sagen, ob sie falsches Geld gehabt oder ein unredliches Geschäft gemacht hatten, jedenfalls mußte die Obrigkeit die Sache aufdecken und hatte eine bedeutende Belohnung dafür ausgesetzt. Die Gnädige ging also zu unserem Pimen und sagte:

»Pimen Iwanowitsch, hier gebe ich Ihnen zwanzig Rubel für Kerzen und Öl. Befehlen Sie den Ihrigen, so eifrig wie möglich zu beten, daß man meinen Mann mit dieser Sache beauftragt.«

Das machte ihm wenig Kummer! Er hatte schon Geschmack an diesen Opfergaben gefunden und antwortete:

»Gut, Gnädige, ich werde es befehlen.«

»Aber daß sie auch tüchtig beten, die Sache ist für mich sehr wichtig.«

»Die werden sich nicht unterstehen, schlecht zu beten, wenn ich es befehle«, beruhigt Pimen, »ich werde ihnen Fasten auferlegen, bis sie es erfleht haben.« Er nahm das Geld und ließ es dabei bewenden, ihr Gemahl aber erhielt noch in derselben Nacht den von ihr gewünschten Auftrag. Bei diesem Segen genügte ihr aber unser Gebet nicht mehr, und sie wollte unbedingt selber unserem Heiligtum ihre Lobpreisung darbringen. Sie sagte es Pimen, und er bekam Angst, weil er wußte, daß wir sie nicht in unser Heiligtum einlassen würden. Die Gnädige gab jedoch nicht nach.

»Ich werde«, sagt sie, »was Sie auch sagen mögen, heute gegen Abend ein Boot nehmen und mit meinem Sohne zu Ihnen kommen.«

Pimen redet ihr zu:

»Es ist besser«, sagt er, »wenn wir selber beten. Wir haben einen Schutzengel, dem weihen Sie ein Licht, und wir werden ihm den Schutz Ihres Gemahls anvertrauen.«

»Ach, das ist vortrefflich«, antwortet sie, »ganz vortrefflich! Ich bin sehr froh über diesen Engel; hier ist etwas Geld für Öl, zünden Sie unbedingt drei Lämpchen vor ihm an, und ich werde dann kommen, um es mir anzusehen.«

Pimen gefiel das gar nicht; er kam zu uns und begann zu jammern, daß die Sache so und so stünde.

»Ich habe«, sagte er, »der abscheulichen Ketzerin nicht widersprochen, als sie ihr Begehren äußerte, weil wir ihren Mann notwendig brauchen.« Und so log er uns ganze Körbe voll vor, aber von all dem, was er getan hatte, sagte er nichts. Nun, so unangenehm es uns auch war, es war nichts zu machen. Wir nahmen unsere Heiligenbilder möglichst schnell von der Wand und legten sie in ihre Kisten, aus denen wir die Ersatzbilder holten, die wir aus Furcht vor Beamtenüberfällen bei uns hatten. Diese setzten wir auf die Gestelle und erwarteten unseren Gast. Sie kam und war so aufgeputzt, daß es zum Erschrecken war. Sie fegte mit ihren langen, breiten Bändern nur so hin, schaute alle unsere vertauschten Heiligenbilder durch die Lorgnette an und fragte: »Sagen Sie, bitte, welcher ist hier der wundertätige Engel?«

Wir wissen schon nicht mehr, wie wir sie von dem Gespräch abbringen sollen.

»Wir haben keinen solchen Engel« sagen wir.

Und wie sie auch in uns drang und Pimen schalt, wir zeigten ihr den Engel nicht, sondern führten sie möglichst schnell zum Teetisch und setzten ihr vor, was wir hatten.

Sie mißfiel uns schrecklich, Gott weiß warum: sie sah irgendwie abstoßend aus, obwohl man sie sonst für schön hielt. Wissen Sie, so eine lange Hagere, mit zusammengewachsenen Augenbrauen.«

»Solch eine Schönheit gefällt Ihnen nicht?« unterbrach der Bärenpelz den Erzähler.

»Erlauben Sie, was kann einem an einer solchen schlangenähnlichen Gestalt gefallen?« antwortete jener.

»Bei euch hält man wohl eine Frau für schön, wenn sie wie ein Erdhaufen aussieht?«

»Ein Erdhaufen!« wiederholte unser Erzähler lächelnd und ohne gekränkt zu sein. »Warum nehmen Sie das an? Nach unserer echt russischen Auffassung bevorzugen wir einen Typus, der, unserer Meinung nach, viel ansprechender ist, als der, den die jetzige Leichtfertigkeit schätzt, aber durchaus nicht, was man einen Erdhaufen nennen kann. Wir schätzen nur die langen, mageren nicht, sondern lieben es, wenn die Frau nicht auf langen, sondern auf kräftigen Beinen steht, damit sie nicht konfus herumrennt, sondern wie eine Kugel überall hinrollt und auch hinkommt, während die Lange hin und her läuft und stolpert. Die schlangenhafte Schlankheit schätzen wir ebenso wenig, sondern fordern, daß die Frau erdhafter sei und einen Busen habe, denn wenn er auch für die Figur nicht so schön ist, so spricht er doch von der Mutterschaft; die Stirne muß bei der echten russischen Frauenart voll und fleischig sein, weil in ihr dann mehr Lust und Freundlichkeit liegt. Ähnlich ist es mit der Nase. Wir mögen die Hakennasen nicht, sondern die Nase soll wie ein Pfeifchen sein, denn so ein Pfeifchen ist, wenn Sie erlauben, für die Familie viel freundlicher als eine trockene, stolze Nase. Und ganz besonders die Brauen: die Brauen offenbaren den Ausdruck im Gesicht, und deshalb dürfen sie bei der Frau nicht zusammenstoßen, sondern müssen einen offenen Bogen bilden, weil man mit einer solchen Frau viel umgänglicher sprechen kann und sie auf jeden einen ganz anderen, für das Haus einnehmenden Eindruck macht. Freilich, der jetzige Geschmack ist von diesem guten Typus abgekommen und bevorzugt beim Frauengeschlecht ätherische Luftigkeit, aber das ist eben schade. Indes, gestatten Sie, wir sprachen nicht davon, und ich fahre lieber in meiner Erzählung fort:

Wie wir die Frau hinausbegleitet haben, merkt unser Pimen als eitler Mensch, daß wir sie abfällig kritisieren, und sagt:

»Was habt ihr denn? Sie ist doch gut.«

Aber wir antworten: »Die soll gut sein, wo sie schon im Gesicht nichts Gutes hat! Aber Gott sei mit ihr: wie sie ist, so wird sie auch bleiben.« Wir waren schon froh, daß wir sie hinausbegleitet hatten, und räucherten gleich mit Weihrauch, damit bei uns auch kein Hauch von ihr zurückbleibe. Danach befreiten wir das Stübchen von den letzten Spuren des Gastes. Die Ersatzbilder legten wir in die Kisten zurück in den Verschlag und holten unsere richtigen Bilder wieder hervor. Wir hoben sie auf die Gestelle, wie vorher, und besprengten sie mit Weihwasser. Dann ging ein jeder zu seinem Schlafplatz, und wir legten uns nieder. Aber Gott allein weiß, warum wir alle in dieser Nacht nicht schlafen konnten und wie ängstlich und unruhig es uns zumute war.

6.

Am Morgen gingen wir alle an unsere Arbeit, nur Luka Kirillow nicht. Das war in anbetracht seiner Pünktlichkeit erstaunlich, noch erstaunlicher aber war, daß er um acht Uhr ganz verstört und bleich zu uns kam.

Ich wußte, daß er ein Mann war, der sich in der Hand hatte und es nicht liebte, sich unnütz zu grämen, und darum wurde ich aufmerksam und fragte:

»Was hast du, Luka Kirillow?«

Aber er sagt: »Später sage ich es.«

Jung, wie ich damals war, war ich schrecklich neugierig, zudem hatte mich eine Vorahnung gepackt, daß sich irgendetwas Unheilvolles für unseren Glauben ereignet habe. Ich hielt aber den Glauben hoch und war niemals kleingläubig.

Ich konnte es nicht länger aushalten, verließ unter irgendeinem Vorwand die Arbeit und lief nach Hause. Ich dachte mir: solange niemand zu Hause ist, kann ich von Michailiza etwas erfahren. Wenn ihr Luka Kirillow auch nichts eröffnet hat, so durchschaut sie ihn, trotz ihrer Einfalt, und vor mir wird sie nichts verheimlichen, da ich, schon als Kind verwaist, bei ihr an Sohnesstatt aufgewachsen bin, und sie mir wie eine zweite Mutter gewesen ist.

Ich eile zu ihr und sehe sie in einem alten offenen Halbpelz auf dem Freitreppchen sitzen; aber sie ist krank und traurig und ganz fahl im Gesicht.

»Warum sitzen Sie hier, Pflegemutter?« frage ich.

Und sie antwortet:

»Wo soll ich denn sonst bleiben, Marotschka?«

Ich heiße Mark Alexandrow, aber sie nannte mich in ihrer mütterlichen Zärtlichkeit Marotschka.

Was sind das für Dummheiten, denke ich mir, daß sie nicht weiß, wo sie sonst bleiben soll?

»Aber warum«, sage ich, »legen Sie sich denn nicht ein wenig im Schuppen hin?«

»Ich kann nicht, Marotschka«, antwortet sie, »in der großen Stube betet der alte Maroi.«

Aha, denke ich mir, es wird schon so sein, daß sich irgendetwas mit unserm Glauben zugetragen hat; und nun beginnt auch Tante Michailiza:

»Marotschka, du weißt sicher nichts, Kind, von dem, was sich heute nacht bei uns ereignet hat?«

»Nein, Pflegemutter, ich weiß nichts.«

»Ach, es ist schrecklich.«

»Erzählen Sie doch schneller, Pflegemutter!«

»Ich weiß nicht, ob ich es erzählen darf.«

»Warum wollen Sie nicht erzählen?« sage ich. »Bin ich denn für Sie ein Fremder und nicht an Sohnesstatt?«

»Ich weiß, mein Lieber, daß du mir wie ein Sohn bist«, antwortet sie, »aber ich habe kein Vertrauen, daß ich es dir auseinandersetzen kann, denn ich bin dumm und einfältig. Warte doch, nach Feierabend kommt der Onkel, und der wird dir gewiß alles erzählen.«

Aber ich konnte nicht warten und drang in sie:

»Erzähle doch, erzähle doch gleich, was alles geschehen ist.«

Ich sehe, wie sie mit den Lidern blinzelt und wie sich ihre Augen mit Tränen füllen, die sie mit dem Brusttuch abwischt; dann flüstert sie mir leise zu:

»Kind, der Schutzengel ist heute Nacht von uns fortgegangen.«

Diese Eröffnung machte mich zittern.

»Sagen Sie doch bitte schnell, wie das Wunder geschehen ist und wer es gesehen hat!«

»Das Wunder, Kind, ist unerklärlich, und niemand außer mir hat es gesehen, weil es tiefe Mitternacht war, als es geschah und ich allein nicht schlief.«

Und dann, meine werten Herren, erzählte sie mir folgende Geschichte:

»Nachdem ich gebetet hatte, war ich eingeschlafen. Ich weiß nicht mehr, wie lange ich schlief, aber plötzlich sehe ich im Traum eine Feuersbrunst, eine ganz große Feuersbrunst. Es war, als ob alles bei uns verbrannt wäre, und der Fluß führe die Asche mit sich fort, aber an den Strudeln um die Brückenjoche kreist sie noch, und dann schluckt sie der Fluß in die Tiefe.« Und Michailiza träumt, als sei sie hinausgelaufen und stehe in einem alten zerrissenen Hemd ganz unten am Wasser, aber ihr gegenüber am anderen Ufer erhebe sich eine hohe, rote Säule, und oben auf der Säule stehe ein kleiner, weißer Hahn, der in einem fort mit den Flügeln schlage. Michailiza fragt: »Wer bist du?«, denn das Gefühl sagt ihr, daß dieser Vogel ein Vorzeichen sei. Der Hahn aber ruft plötzlich mit menschlicher Stimme »Amen«, sonst nichts, und dann ist er verschwunden, aber um Michailiza herum herrscht eine große Stille, und die Luft ist so dünn, daß sie keinen Atem mehr bekommt und es ihr schrecklich zumute wird. Dann wacht sie auf, liegt da und vernimmt deutlich, wie vor der Tür ein Lämmchen blökt. Und an der Stimme merkt sie, daß es ein neugeborenes Lämmchen ist. Mit hellem silbernen Stimmchen macht es bä-ä-äh, und plötzlich hört Michailiza, daß es durch die Gebetsstube geht, mit seinen kleinen Hufen auf den Boden klopft und hin und wieder stehen bleibt, als ob es etwas suche. Michailiza überlegt: Herr Jesu Christ, was soll das bedeuten? In unserer ganzen Ansiedlung gibt es kein Schaf, und woher ist uns jetzt dieses Lämmchen zugelaufen? Nun wird sie ganz wach: Aber wie ist es denn in die Stube gekommen? In der gestrigen Hast haben wir also vergessen, das Hoftor zu schließen, Gott sei Dank, daß nur ein Lämmchen hereingesprungen und nicht der Hofhund in das Heiligtum eingedrungen ist. Und nun beginnt sie Luka zu wecken: »Kirillytsch«, ruft sie, »Kirillytsch, steh schnell auf! Unsere Tür ist offen, und irgendein Jungtier ist zu uns in die Hütte gesprungen.« Aber zum Unheil schläft Luka Kirillow wie ein Toter. Und wie ihn auch Michailiza zu wecken versucht, es will ihr auf keine Weise gelingen. Luka brummt nur und sagt kein Wort. Michailiza schüttelt ihn stärker, aber er brummt nur noch lauter. Sie beginnt ihn zu bitten: »Gedenk des Namen Jesu!« Aber kaum hat sie das Wort ausgesprochen, als in der Stube etwas winselt, und in dem Augenblick springt Luka vom Bett auf, stürzt nach vorne und prallt plötzlich mitten in der Stube wie vor einer ehernen Wand zurück. »Mach Licht, Weib, mach schneller Licht!« ruft er Michailiza zu, er selbst aber rührt sich nicht von der Stelle. Sie zündet eine Kerze an und läuft herzu, aber er ist bleich wie ein zum Tode Verurteilter und bebt, daß das Kreuz an seinem Hals, ja selbst die Fußlappen an seinen Füßen zittern. Die Frau spricht wieder zu ihm: »Ernährer, was hast du?« sagt sie. Er aber zeigt mit dem Finger, daß dort, wo der Engel war, eine leere Stelle ist und daß der Engel selbst vor Lukas Fuße auf dem Boden liegt.

Luka Kirillow geht jetzt unverzüglich zum alten Maroi und sagt ihm, wie alles gewesen sei, was seine Frau gesehen habe und was bei uns geschehen war: »Komm und schau!« Maroi kommt, kniet vor dem auf der Erde liegenden Engel nieder und bleibt vor ihm lange unbeweglich, wie ein marmornes Grabbild liegen, dann hebt er aber die Hand, streicht sich über die Tonsur auf dem Scheitel und sagt leise:

»Bringt zwölf reine, neugebrannte Ziegelplatten her!«

Luka Kirillow bringt sie sogleich, Maroi schaut sie an und sieht, daß sie alle rein sind und gerade aus dem Brennofen kommen, und er befiehlt Luka, eine auf die andere zu legen und so eine Art Säule aufzuführen, diese mit einem reinen Handtuch zu bedecken und darauf das Heiligenbild zu legen. Dann verneigt sich Maroi bis zur Erde, und ruft:

»Engel Gottes, streu deine Spuren aus, wohin du willst!«

Er hat diese Worte kaum ausgesprochen, als an der Türe geklopft wird und eine unbekannte Stimme ruft:

»He, ihr Altgläubigen, wer ist euer Ältester?«

Luka Kirillow öffnet die Tür und sieht einen Soldaten mit einer Medaille vor sich stehen.

Luka fragt, was für einen Ältesten er wolle. Und der antwortet:

»Den, der oft zur Gnädigen kam und den sie Pimen nennen.«

Luka schickt seine Frau gleich zu Pimen und fragt weiter, worum es sich handle und wer ihn in der Nacht nach Pimen gesandt habe.

Der Soldat sagt:

»Etwas Gewisses weiß ich nicht, aber ich habe so etwas gehört, als ob die Juden dort eine schlimme Geschichte mit unserem Herrn angestellt hätten!«

Aber was es eigentlich sei, kann er nicht erzählen.

»Ich habe gehört«, sagt er, »daß der Herr erst sie versiegelt hätte und dann sie ihn.«

Aber darüber, wie sie einander versiegelt haben, weiß er nichts verständliches zu erzählen.

Währenddes war Pimen gekommen; er schielt selbst wie ein Jude, bald dorthin, bald dahin, und weiß sichtlich selbst nicht, was er sagen soll. Und Luka spricht ihn an:

»Was hast du da gemacht, Spielmann? Geh jetzt und spiel dein Stück nur zu Ende!«

Der setzt sich mit dem Soldaten ins Boot, und sie fahren ab.

Nach einer Stunde kommt unser Pimen zurück, stellt sich munter, aber man sieht, daß es ihm durchaus nicht so zumute ist.

Luka fragt ihn:

»Sprich«, sagt er, »du Windbeutel, und sag ganz aufrichtig, was du dort getan hast.«

Aber jener erwidert: »Nichts«.

Nun, bei dem Nichts blieb es, obwohl es durchaus kein Nichts gewesen war.

7.

Mit dem Herrn, für den unser Pimen gebetet hatte, war eine erstaunliche Geschichte geschehen. Er war, wie ich Ihnen berichtet habe, in die jüdische Stadt gefahren, war dort spät in der Nacht angekommen, als niemand an ihn dachte, hatte sofort alle Läden unter Siegel genommen und die Polizei verständigt, daß er am nächsten Morgen mit der Revision beginnen werde. Die Juden erfuhren es natürlich sofort und gingen gleich, noch in der Nacht, zu ihm, um ihn um ein Übereinkommen zu bitten, da sie große Vorräte von gesetzwidrigen Waren auf Lager hatten. Sie kamen zu ihm und steckten ihm auf einmal zehntausend Rubel zu. Er sagte: Ich kann nicht, ich bin ein hoher Beamter, genieße Vertrauen und nehme keine Bestechungsgelder. Die Juden schnattern untereinander: »Fünfzehntausend«. Er wieder: »Ich kann nicht.« Sie: »Zwanzig«. Er darauf: »Versteht ihr denn nicht, daß ich nicht kann: ich habe schon die Polizei verständigt, daß ich morgen mit ihr zusammen revidieren werde.« Sie schnattern wieder und sagen dann:

»Ach, Eure Durchlaucht, das macht nichts, daß Sie die Polizei verständigt haben, wir geben Ihnen fünfundzwanzigtausend, und Sie geben uns dafür bloß bis zum Morgen Ihr Petschaft und legen sich ruhig schlafen: wir brauchen nichts mehr.«

Der Herr überlegt hin und her: Wenn er sich auch für eine hohe Person hält, so scheint auch bei den hohen Personen das Herz nicht von Stein zu sein; er nahm die fünfundzwanzigtausend, gab ihnen das Petschaft, mit dem er siegelte, und legte sich schlafen. Die Juden holten, versteht sich, in der Nacht alles Notwendige aus ihren Lagern heraus und versiegelten sie wieder mit demselben Petschaft. Der Herr schlief noch, als sie am Morgen schon wieder in seinem Vorzimmer lärmten. Er geht zu ihnen hinaus; sie danken ihm und sagen:

»Nun, Euer Hochwohlgeboren, nun halten Sie bitte Revision.«

Er scheint es aber zu überhören und sagt:

»Gebt mir schnell mein Siegel.«

Aber die Juden sagen:

»Ja, geben Sie uns unser Geld.«

Der Herr: »Was? Wie?« Aber sie bleiben dabei:

»Wir haben«, sagen sie, »das Geld Ihnen als Pfand zurückgelassen.«

Er wieder:

»Was, als Pfand?«

»Freilich«, sagen sie, »als Pfand.«

»Ihr lügt«, sagt er, »ihr Halunken, ihr Christusverkäufer, ihr habt mir das Geld ganz gegeben.«

Sie stoßen einander an und lachen.

»Hörst du«, sagen sie, »hörst, wir haben ihm das Geld ganz gegeben … Hm, hm, ai, ai, wie könnten wir so dumm sein und so unpolitisch, einer so hohen Persönlichkeit Chabar geben.« (So nennen sie Bestechungsgelder.)

Nun, können Sie sich etwas Schöneres vorstellen als diese Geschichte? Der Herr, versteht sich, hätte nun das Geld zurückgeben sollen, und die Sache wäre zu Ende gewesen, aber er war eigensinnig und wollte sich davon nicht trennen. So verging der Morgen. Der ganze Handel in der Stadt ist gesperrt. Die Leute kommen und wundern sich. Die Polizei fordert das Siegel, und die Juden schreien: »Ai wai, was ist das für eine staatliche Regierung! Die hohe Obrigkeit will uns ruinieren.« Ein schreckliches Durcheinander. Der Herr sitzt eingeschlossen zu Hause und hat bis Mittag schier den Verstand verloren. Am Abend ruft er dann die listigen Juden zu sich und sagt: »Hier, ihr Verfluchten, nehmt euer Geld und gebt mir nur mein Petschaft wieder!« Aber sie wollen nicht und sagen: »Ja, wenn das so ginge! Wir haben den ganzen Tag nicht gehandelt: Jetzt müssen Euer Wohlgeboren uns fünfzehntausend dazu geben!« Sehen Sie, so kam es! Und die Juden drohen: »Wenn Sie uns jetzt nicht die fünfzehntausend geben, kostet die Sache morgen fünfundzwanzigtausend Rubel mehr.« Der Herr schlief die ganze Nacht nicht, am Morgen schickte er wieder zu den Juden, gab ihnen das ganze Geld, das er von ihnen erhalten hatte, zurück und unterschrieb einen Wechsel auf fünfundzwanzigtausend; dann begann er so eine Art Revision. Natürlich fand er nichts, fuhr so schnell wie möglich nach Haus und tobte vor seiner Frau, woher er die fünfundzwanzigtausend Rubel nehmen solle, um den Juden den Wechsel zu bezahlen. »Wir müssen dein Gut, das du in die Ehe mitgebracht hast, verkaufen«, sagt er. Aber sie erwidert: »Um nichts in der Welt, ich bin mit ihm verwachsen.« Er sagt: »Du bist schuld, du hast mir mit deinen Altgläubigen diesen Auftrag erbetet und warst überzeugt, daß mir ihr Engel helfen würde; so schön hat er mir nun geholfen!« Aber sie antwortet darauf: »Du bist selber schuld, warum bist du so dumm und hast die Juden nicht verhaftet und erklärt, daß sie dir das Petschaft gestohlen haben? Aber im übrigen«, sagt sie, »macht es nichts, folge nur mir, ich werde die Sache schon wieder einrichten, und für deine Unvernunft werden andere zahlen.« Und mit einem Male plärrt sie: »Sofort, schnell den Dnjepr hinunterfahren und mir den Ältesten der Altgläubigen herholen!« Der Bote kam, brachte unseren Pimen, und die Frau sagte ihm ohne Umschweife: »Hören Sie, ich weiß, daß Sie ein verständiger Mensch sind und daß Sie verstehen werden, was ich brauche: Meinem Mann ist eine kleine Unannehmlichkeit widerfahren. Nichtswürdige haben ihn ausgeraubt, die Juden ... Sie verstehen ... und wir brauchen unbedingt dieser Tage fünfundzwanzigtausend Rubel, die ich nirgends so schnell auftreiben kann. Aber ich habe Sie gerufen, und da ich weiß, daß ihr Altgläubige kluge und reiche Leute seid, und weil ich mich selbst überzeugt habe, daß Gott euch in allen Dingen hilft, bin ich sicher, daß ihr mir den Gefallen tun und die fünfundzwanzigtausend geben werdet. Ich werde dafür meinerseits allen Damen von euren wundertätigen Heiligenbildern erzählen, und ihr werdet sehen, wieviel ihr für Wachs und Öl erhalten werdet.« Ich glaube, meine werten Herren, daß Sie sich ohne Mühe vorstellen können, was unser Spielmann bei dieser Wendung empfand. Ich weiß nicht, was er alles sagte, aber ich glaube es ihm, daß er nun anfing sich zu winden und zu schwören und sie unserer Dürftigkeit zu versichern; aber sie, die neue Herodias, wollte davon nichts wissen. »Nein«, sagte sie, »ich weiß sehr gut, daß die Altgläubigen reich sind und daß fünfundzwanzigtausend Rubel für euch nichts bedeuten. Als mein Vater in Moskau Beamter war, haben ihm die Altgläubigen mehrmals solche Gefälligkeiten erwiesen; und fünfundzwanzigtausend Rubel sind gar nicht der Rede wert.« Pimen versuchte natürlich ihr vorzustellen, daß die Moskauer Altgläubigen kapitalskräftige Leute seien, wir aber einfache Bauern und Taglöhner ... Aber sie hatte anscheinend sehr gute Moskauer Erfahrungen und fiel über ihn auf einmal her: »Warum erzählen Sie mir das? Als ob ich nicht wüßte, wieviel wundertätige Heiligenbilder ihr habt! Haben Sie mir nicht selbst erzählt, wie viel man euch aus ganz Rußland für Wachs und Öl schickt? Nein, ich will nichts hören, entweder bekomme ich sofort das Geld, oder mein Mann fährt gleich zum Gouverneur und erzählt ihm alles, wie ihr betet und die Leute verführt, und es wird euch schlecht gehen.« Der arme Pimen fiel schier die Treppe hinunter; er kam nach

Hause und sagte, wie ich Ihnen berichtet habe, nur das eine Wort: »Nichts«. Dabei war er aber rot, als käme er aus dem Dampfbad, ging gleich in einen Winkel und schneuzte sich in einem fort. Schließlich nahm ihn Luka Kirillow ein wenig ins Verhör. Pimen gestand ihm natürlich nicht alles, sondern enthüllte ihm nur ganz wenig und sagte: »Die Gnädige hat von mir verlangt, daß ich ihr von euch fünftausend Rubel Bestechungsgelder bringe.« Daraufhin braust Luka natürlich auf: »Ach du Spielmann«, sagte er, »was brauchtest du mit den Leuten verkehren und sie auch noch herbringen? Sind wir denn reiche Leute, haben wir soviel Geld zu verschenken? Wofür sollen wir es denn geben? Und wo ist es? Wie du alles angestellt hast, so bringe es auch wieder in Ordnung, aber wir können die fünftausend Rubel nirgends hernehmen.« Damit ging Luka an seine Arbeit und kam, wie ich berichtete, bleich wie ein zum Tode Verurteilter zu uns, weil das nächtliche Ereignis ihn ahnen ließ, daß die Sache uns Unannehmlichkeiten bringen werde. Pimen aber ging ans andere Flußufer. Wir alle sahen, wie er mit einem Boot aus dem Schilf herausfuhr und sich der Stadt zuwandte. Als Michailiza mir jetzt dies alles der Reihe nach erzählte, wie er sich um die fünftausend Rubel bemüht hatte, dachte ich mir, daß er nun bestimmt zur Gnädigen gefahren sei, um sie zu besänftigen. Mit solchen Gedanken stand ich neben Michailiza und dachte nach, ob aus all dem nicht ein Schaden für uns erwachsen könne und ob es nicht notwendig sei, irgendwelche Maßnahmen dagegen zu ergreifen, als ich plötzlich sah, daß alle Maßnahmen schon zu spät waren, da ein großes Boot am Ufer anlegte und ich hinter mir den Lärm vieler Stimmen hörte. Ich drehte mich um und erblickte einige Beamte in allerlei Uniformen und mit ihnen eine erhebliche Anzahl von Gendarmen und Soldaten. Meine werten Herren, ich kann Michailiza kaum einen Blick zuwerfen, als sie alle an uns vorbei zu Lukas Stube gehen und an der Türe zwei Posten mit bloßen Säbeln aufstellen. Michailiza stürzt auf die Posten zu, nicht nur, um in die Stube zu kommen, sondern auch, um zu eifern. Natürlich stoßen sie sie zurück, und wie sie noch wilder auf sie eindringt und mit ihnen ins Handgemenge kommt, versetzt ihr einer der Gendarmen einen solchen Stoß, daß sie kopfüber die Treppe hinunterstürzt. Ich schicke mich an, zu Luka auf die Brücke zu laufen, aber ich sehe schon, wie Luka mir entgegenläuft und hinter ihm unsere ganze Gesellschaft, alle in Aufruhr, jeder mit dem Werkzeug in der Hand, mit dem er eben gearbeitet hat, der eine mit einer Brechstange, der andere mit einem Hammer, und alle laufen, um ihr Heiligtum zu verteidigen. Alle, die im Boot keinen Platz gefunden und kein anderes Mittel hatten, das Ufer zu erreichen, waren in den Kleidern, wie sie bei der Arbeit gewesen waren, von der Brücke ins Wasser gesprungen und schwammen nun einer hinter dem anderen durch den kalten Fluß. Stellen Sie sich vor, es war schrecklich auszudenken, wie das enden sollte. Die Soldatenabteilung war etwa zwanzig Mann stark, und wenn sie auch alle mehr oder weniger kriegerisch ausgerüstet waren, so waren die Unseren mehr als ein halbes Hundert und alle von glühendem Glaubenseifer beseelt. Jetzt schwimmen sie wie die Seehunde durch das Wasser, und man hätte sie mit einem Knüppel auf den Kopf schlagen können, sie hätten die Absicht, ihr Heiligtum zu beschützen, nicht aufgegeben. Nun stürmen sie, naß wie sie sind, vorwärts, als hätten Steine plötzlich Leben bekommen.

8.

Gestatten Sie mir jetzt daran zu erinnern, daß, während ich mit Michailiza auf der Treppe sprach, der alte Maroi sich in der Stube im Gebet befand, wo ihn die Herren Beamten bei ihrem Eindringen auch vorfanden. Er erzählte später, daß sie, gleich als sie hereingekommen waren, die Türe zugeschlagen hätten und gerade auf die Heiligenbilder zugegangen wären. Die einen löschen die Lämpchen aus, die anderen reißen die Bilder von der Wand, legen sie auf den Boden und schreien ihn an: »Bist du der Pope?« Er sagt: »Nein, ich bin kein Pope.« Sie: »Wer ist denn euer Pope?« Aber er antwortet: »Wir haben keinen Popen.« Sie darauf: »Ihr werdet keinen Popen haben! Wie wagst du zu sagen, daß ihr keinen Popen habt!« Er begann ihnen zu erklären, daß wir keine Popen haben, aber weil er so unverständlich sprach, daß sie nicht begriffen, wovon die Rede war, sagten sie: »Bindet ihn, er ist verhaftet.« Maroi läßt sich binden, als gehe es ihn nichts an, daß ihm ein Dutzend Soldaten mit einem Strickende die Hände binden. Er steht da und sieht zu, was weiter geschieht. Die Beamten hatten inzwischen Kerzen angezündet und die Bilder zu versiegeln begonnen. Der eine legte die Siegel an, die anderen machten ein Verzeichnis, die dritten bohrten Löcher in die Bilder und reihten sie auf eine Eisenstange aneinander. Maroi sah diesem gotteslästerlichen Treiben zu und zuckte nicht einmal mit den Schultern, weil er bei sich dachte, daß es wohl Gott gefalle, diese Schändung des Heiligtums zuzulassen. Im selben Augenblick hört Maroi draußen einen Gendarmen aufschreien, und dann einen zweiten. Die Tür fliegt auf, und unsere Seehunde stürzen naß, wie sie aus dem Wasser gestiegen sind, herein. Glücklicherweise war ihnen jedoch Luka Kirillow zuvorgekommen; er schrie sie an:

»Haltet ein, Christenmenschen! Ereifert euch nicht!« Dann wendet er sich an die Beamten, weist auf die an die Eisenstange aufgespießten Ikonen und spricht: »Weshalb beschädigt ihr so das Heiligtum, ihr Herren Beamten? Wenn ihr das Recht habt, es uns zu nehmen, dann werden wir der Gewalt keinen Widerstand leisten, – nehmt es nur. Aber weshalb müßt ihr so seltene, von den Vätern ererbte Kunstwerke beschädigen?«

Aber der Mann der Bekannten Pimens, der die ganze Sache leitete, schrie Luka an:

»Still, Halunke! Du wagst noch zu räsonieren!«

Luka war ein stolzer Bauer, aber er demütigte sich und antwortete leise:

»Erlauben, Euer Hochwohlgeboren, wir kennen diesen Brauch, wir haben in der Stube anderthalb Hundert Ikonen. Wenn Sie wünschen, geben wir Ihnen für jede Ikone drei Rubel, nehmen Sie sie mit, aber beschädigen Sie die alten Kunstwerke nicht.«

In den Augen des Herrn blitzte es, und er schrie ihn laut an: »Hinaus!« Ganz leise setzte er aber hinzu: »Gib hundert Rubel für das Stück, sonst stecke ich sie alle in den Ofen.«

Luka konnte eine solche Summe weder geben, noch sie sich überhaupt vorstellen und sagte:

»Gott sei mit euch, vernichtet alles, wie ihr wollt, aber wir haben das Geld nicht.«

Aber der Herr schrie ihn wütend an: »Ach du bärtiger Ziegenbock, wie wagst du es, mit uns von Geld zu sprechen?«

Er wurde plötzlich ganz wild, ließ alles, was er an heiligen Darstellungen in der Stube fand, auf die Stange spießen, schraubte dann Muttern an beide Enden und versiegelte diese, so daß niemand die Bilder herunternehmen oder vertauschen konnte. Sie hatten bereits alle Ikonen gesammelt und schickten sich an, fortzugehen. Die Soldaten nahmen die Stange mit den Bildern auf die Schultern und trugen sie zu den Booten. Michailiza hatte sich indes mit dem übrigen Volk unbemerkt in die Stube gedrängt, heimlich das Engelsbild vom Chorpult heruntergestohlen und trug es unter der Schürze in die Kammer. Ihre Hände zitterten dabei aber so, daß sie es fallen ließ. Ihr Heiligen, wie da der Herr in Wut geriet, uns Diebe und Betrüger nannte und schrie:

»Aha, ihr Betrüger, ihr wolltet das Bild stehlen, damit es nicht auf die Stange kommt? Nun, da soll es auch nicht hinkommen, aber so werde ich es machen!« – Mit diesen Worten zündete er die Siegellackstange an und drückte das brennende Harz mitten auf das Gesicht des Engels!

Meine besten Herren, seien Sie nicht böse, wenn ich nicht versuche, Ihnen zu beschreiben, was in uns vorging, als der Herr das kochende Harz auf das Antlitz des Engels goß und als dann der grausame Mensch das Bild auch noch emporhob, um sich damit zu rühmen, wie gut er es verstanden hatte, uns zu kränken. Ich entsinne mich nur noch, daß das helle heilige Antlitz rot und versiegelt war, daß das brennende Harz unter dem Petschaft in zwei Strömen, wie Blut mit Tränen gemischt, herabfloß.

Wir stöhnten alle auf, bedeckten unsre Augen mit den Händen und stöhnten, als lägen wir auf der Folter. Dann verloren wir uns in Weheklagen, so daß uns die einbrechende Nacht noch immer weinend und jammernd um unseren versiegelten Engel antraf. Da kam uns in dem Dunkel und der Ruhe, die über dem zerstörten Heiligtum lag, der Gedanke, ausfindig zu machen, wohin man unseren Beschützer gebracht hatte, und wir gelobten, ihn selbst unter Lebensgefahr zu rauben und zu entsiegeln. Zur Ausführung dieses Entschlusses wählte man mich und den jungen Lewontij. Er zählte kaum siebzehn Jahre, war fast noch ein Knabe, aber kräftigen Wuchses und guten Herzens, von Kind auf gottesfürchtig, gehorsam und gutartig, wie ein weißes Roß mit Silberzaum.

Für das gefährliche Unternehmen, den versiegelten Engel, dessen erblindetes Antlitz wir nicht ertragen konnten, aufzufinden und zu rauben, konnte ich mir einen besseren Gefährten und Helfer gar nicht wünschen.

9.

Ich will Sie nicht mit Einzelheiten aufhalten, wie ich und mein Gefährte durch alle Nadelöhre schlüpften und überall hinkamen; ich will Ihnen gleich von der Trauer berichten, die uns ergriff, als wir erfuhren, daß man unsere von den Beamten durchbohrten Ikonen, so wie sie auf die Stange aufgespießt waren, in den Keller des Konsistoriums geworfen hatte. Damit war die Sache für uns verloren und wie im Sarge begraben; es war vergeblich, noch weiter an sie zu denken. Erfreulich dagegen war, daß man sich erzählte, der Erzbischof selbst habe diese barbarische Handlungsweise nicht gebilligt, sondern im Gegenteil gesagt: »Wozu das?« Er sei sogar für das alte Kunstwerk eingetreten und habe erklärt: »Es ist ein altes Stück, das man schützen muß.« Schlimm dagegen war, daß, als das durch die Schändung entstandene Unheil noch nicht überwunden war, uns ein neues, größeres durch diesen neuen Verehrer traf: Derselbe Erzbischof nahm, was man hinzufügen muß, nicht in schlimmer, sondern in guter Absicht unseren versiegelten Engel in die Hand und betrachtete ihn lange, dann legte er ihn zur Seite und sagte: »Das verstörte Antlitz! Wie schrecklich hat man es zugerichtet! Man tue dieses Bild nicht in den Keller, sondern stelle es in meine Kapelle aufs Fenster neben den Opfertisch.« Die Diener des Erzbischofes führten den Befehl aus, und wenn uns einerseits, wie ich gestehen muß, diese Aufmerksamkeit des Hierarchen sehr angenehm berührte, so sahen wir andererseits doch ein, daß dadurch jede Aussicht, unseren Engel rauben zu können, vereitelt war. Es blieb nur ein Mittel übrig: die Diener des Erzbischofs zu bestechen und mit ihrer Hilfe das Bild mit einem kunstvoll ähnlich gemalten zu vertauschen. Das hatten unsere Altgläubigen schon oft mit Erfolg gemacht, aber dazu wäre vor allen Dingen ein kunstfertiger Heiligenbildmaler mit einer erprobten Hand nötig gewesen, der es verstanden hätte, heimlich ein genaues Abbild herzustellen. Einen solchen Maler gab es jedoch in dieser Gegend nicht. Zudem befiel uns seit dieser Zeit doppelte Trauer, die wie Wassersnot über uns kam. In der Stube, in der man früher nur Lobsingen hörte, vernahm man nichts als Schluchzen, und in kurzer Zeit hatten wir uns so krank geweint, daß wir mit unseren tränenerfüllten Augen den Boden nicht mehr sehen konnten, und dadurch, oder aus einem anderen Grunde entstand dann bei uns eine

Augenkrankheit, die mit der Zeit alle ergriff. Was es bisher nicht gegeben hatte, geschah jetzt: wir hatten Kranke ohne Zahl. Das ganze Arbeitervolk fand dafür die Deutung, daß es nicht ohne Grund geschehe, sondern wegen des Engels der Altgläubigen. »Man hat ihn«, sagten sie, »durch das Siegel geblendet, und jetzt müssen wir alle erblinden.« Diese Auslegung fand nicht nur bei uns allein Glauben, sondern auch alle kirchlich Gesinnten waren aufgebracht.

Obwohl unsere Brotgeber, die Engländer, Ärzte kommen ließen, ging niemand zu ihnen hin, und auch ihre Arzneien wollte niemand nehmen, sondern wir alle flehten nur um das eine:

»Bring uns den versiegelten Engel. Wir wollen vor ihm einen Bittgottesdienst halten, er allein kann uns helfen!«

Unser Engländer Jakow Jakowlewitsch nahm sich der Sache an, fuhr selbst zum Erzbischof und sagte ihm:

»So steht es, Eminenz: der Glaube ist eine große Sache, und einem jeden wird alles nach seinem Glauben gegeben; geben Sie uns doch den Engel aufs andere Ufer!«

Der Erzbischof aber wollte davon nichts wissen und sagte:

»Dem darf kein Vorschub geleistet werden.«

Damals erschien uns dieses Wort grausam, und wir verurteilten den Erzbischof leichtfertig, später aber wurde uns offenbar, daß dies alles nicht aus Hartherzigkeit, sondern durch Gottes Vorsehung geschah.

Indessen nahmen die Zeichen kein Ende, und der strafende Finger traf auch den Hauptschuldigen in dieser Sache, Pimen, selbst, der nach diesem Unheil von uns geflohen war, auf dem anderen Ufer lebte und der Staatskirche beitrat. Ich begegnete ihm einmal dort in der Stadt, er begrüßte mich, und ich grüßte ihn wieder. Dann sagte er mir:

»Ich habe gesündigt, Bruder Mark, daß ich mich von eurem Glauben abgeschieden habe.«

Ich antwortete ihm:

»Was einer glaubt, das ist Gottes Sache, aber daß du den Armen um ein Paar Stiefel verkauft hast, das war nicht gut gehandelt; verzeih mir, daß ich dir, wie es der Prophet Amos befiehlt, brüderliche Vorwürfe mache.«

Bei der Nennung des Propheten überlief ihn ein Schauder.

»Sprich mir nicht von den Propheten«, sagte er, »ich kenne die Schrift selbst und fühle, wie die Propheten die auf der Erde Lebenden strafen. Ich selbst habe dafür ein Zeichen.« Und er klagte mir, daß er, als er neulich im Flusse gebadet hatte, am ganzen Körper fleckig geworden sei; er machte seine Brust frei und zeigte mir auf ihr Flecken, wie bei einem gescheckten Pferde, die sich von der Brust bis hinauf zum Halse zogen.

Ich sündiger Mensch hatte schon im Sinne, ihm zu sagen, daß »Gott den Schelm zeichne«, aber ich unterdrückte diese Worte und sagte:

»Nun, was hat das zu bedeuten? Bete nur und sei froh, daß du auf dieser Welt gezeichnet bist, vielleicht wirst du dann in der kommenden rein dastehen.«

Aber er klagte mir, wie unglücklich er darüber sei und was er einbüße, wenn die Flecken auch das Gesicht ergreifen würden. Der Gouverneur selbst habe, als er ihn, Pimen, bei seinem Übertritt in die Kirche sah, große Freude an seiner Schönheit gehabt und dem Stadthauptmann gesagt, er solle Pimen beim Empfang vornehmer Personen unbedingt ganz vorne mit der silbernen Schüssel in den Händen aufstellen. Aber einen fleckigen Menschen könne man doch nicht aufstellen! Was brauchte ich aber seine eitlen und hohlen Worte weiter anzuhören? – Ich drehte mich um und ging.

Seit der Zeit waren wir von ihm geschieden. Seine Flecken wurden immer sichtbarer, aber auch bei uns hörten die Zeichen nicht auf. Schließlich setzte im Herbst, als der Fluß kaum zugefroren war, plötzlich Tauwetter ein, das das ganze Eis auseinanderriß und unsere Behausungen zerstörte. Und jetzt folgte Schaden auf Schaden, bis einmal sogar einer der Granitpfeiler unterspült wurde und der Strudel das Werk vieler Jahre, das viele Tausende gekostet hatte, verschlang.

Dies machte sogar unsere Brotgeber, die Engländer, bestürzt, und irgendjemand riet ihrem Ältesten, Jakow Jakowlewitsch, uns Altgläubige wegzuschicken, um von all dem Übel wieder erlöst zu werden. Der Engländer aber war ein Mensch mit rechtschaffnem Herzen und hörte nicht darauf; er ließ sogar mich und Luka Kirillow zu sich rufen und sagte:

»Kinder, gebt mir selbst einen Rat: kann ich euch nicht irgendwie helfen und euch trösten?«

Wir antworteten ihm, daß es für uns keinen Trost gäbe, solange das uns heilige Antlitz des Engels, das uns überall begleitet hatte, mit Feuerharz versiegelt sei, und daß wir vor Leid vergingen.

»Was gedenkt ihr zu tun?« fragte er.

»Wir wollen ihn einmal vertauschen und sein reines Antlitz, das die gottlose Hand des Beamten unter dem Siegel verborgen hat, entsiegeln.«

»Warum ist euch der Engel so teuer, und kann man euch nicht einen anderen ebensolchen verschaffen?«

»Er ist uns deshalb so teuer«, antworteten wir, »weil er uns beschützt hat; einen anderen können wir aber nicht bekommen, weil dieser in schwerer Zeit von gottesfürchtiger Hand gemalt und von einem Priester des alten Glaubens nach dem Brevier des Pjotr Mogila geweiht worden ist. Jetzt aber haben wir weder Priester noch jenes Brevier.«

»Aber wie wollt ihr ihn entsiegeln, wo doch der Siegellack das ganze Gesicht ausgebrannt hat?«

Wir antworteten:

»Euer Gnaden, was das anbelangt, so haben Sie keine Sorge: wenn wir ihn nur in unsere Hände bekommen, wird er, unser Beschützer, schon selbst für sich sorgen. Er ist keine Handelsware, sondern eine echte Stroganower Arbeit, und die Stroganower wie die Kostromaer Lacke sind so zubereitet, daß das Bild nicht einmal den Feuerbrand zu fürchten braucht, er läßt das Harz an die zarten Farben nicht einmal heran.«

»Seid ihr davon überzeugt?«

»Ja, das sind wir: dieser Lack ist so stark wie der alte russische Glaube selbst.«

Er schimpfte noch auf jene, die ein solches Kunstwerk nicht zu schätzen verstanden hatten, gab uns die Hand und sagte nochmals:

»Nun, verzagt nicht, ich bin euer Helfer, wir werden euern Engel bekommen. Braucht ihr ihn für lange?«

»Nein«, antworteten wir, »für ganz kurze Zeit.«

»Nun, dann sage ich den Leuten, daß ich für euren versiegelten Engel kostbare goldene Beschläge machen lassen will, und wenn man ihn mir dann gibt, vertauschen wir ihn. Gleich morgen will ich mich daran machen.«

Wir dankten ihm und erwiderten:

»Herr, unternehmen Sie bitte morgen und auch übermorgen noch nichts.«

»Warum das?« fragte er.

Wir antworteten:

»Weil wir, Herr, vor allen Dingen ein Bild zum Vertauschen haben müssen, das dem echten wie ein Wassertropfen dem andern gleicht. Solche Meister gibt es hier aber nicht und werden auch in der Nähe nicht zu finden sein.«

»Das ist eine Kleinigkeit«, sagte er, »ich werde euch selbst aus der Stadt einen Künstler mitbringen, der nicht nur Kopien malt, sondern selbst vortreffliche Porträts.«

»Nein«, antworteten wir, »tun Sie das bitte nicht: erstens würde durch diesen weltlichen Maler vielleicht ein unziemliches Gerede entstehen, zweitens kann ein Maler diese Aufgabe gar nicht erfüllen.«

Der Engländer glaubte es nicht, und so trat ich vor und legte ihm den ganzen Unterschied klar: daß die jetzigen weltlichen Maler eine andere Kunstart haben, daß sie nämlich mit Ölfarben malen, während dort die Farben mit Eiweiß angerieben werden und ganz zart sind. In der neuen weltlichen Malerei ist die Darstellung hingeschmiert und erscheint nur in einiger Entfernung natürlich, während hier alles fließend und noch in der Nähe deutlich ist. Einem weltlichen Maler würde selbst die Wiedergabe der Zeichnung nicht gelingen, weil sie nur gelernt haben, den irdischen Körper abzubilden und was den körperlichen Menschen ausmacht, während in der heiligen russischen Ikonenmalerei der verklärte himmlische Leib dargestellt wird, den sich der materielle Mensch nicht einmal vorstellen kann.

Das interessierte ihn, und er fragte:

»Aber wo gibt es denn solche Meister, die sich heute noch auf diese besondere Art verstehen?«

»Sie sind heute«, berichtete ich ihm weiter, »sehr selten, und selbst damals lebten sie in tiefer Verborgenheit. Im Dorfe Mstera lebt ein Meister namens Chochlow, aber er ist schon hoch in den Jahren und kann die weite Reise nicht machen. Auch in Palichow leben zwei, aber auch die werden die Reise nicht unternehmen, zudem taugen uns weder die Msterer noch die Palichower Meister.«

»Weshalb denn das?« forschte er weiter.

»Weil sie«, antwortete ich, »eine andere Manier haben: bei den Msterern ist die Zeichnung schwerfällig und der Farbton trüb, bei den Palichowern dagegen ist der Ton türkisfarbig, alles schimmert bei ihnen bläulich.«

»Was soll man nun machen?« fragte er.

»Ich weiß es selbst nicht«, antwortete ich. »Ich habe zwar gehört, es gäbe in Moskau noch einen guten Meister, namens Ssilatschow. Er hat in ganz Rußland, auch bei den Unsrigen einen guten Namen, aber er entspricht mehr der Nowgorodschen und der Zarisch-Moskowitischen Art. Unsere Ikone aber ist Stroganower Zeichnung mit den klarsten heiligsten Farben, so daß uns einzig der Meister Ssewastian von der Wolga helfen könnte, aber der ist ein leidenschaftlicher Wanderer und zieht durch ganz Rußland, macht bei den Altgläubigen Ausbesserungen, und niemand weiß, wo er zu finden ist.«

Der Engländer hatte meinen ganzen Bericht mit Vergnügen angehört, lächelte ein wenig und antwortete:

»Ihr seid sehr wunderliche Leute«, sagte er, »aber wenn man euch zuhört, wird es einem wohl, denn ihr scheint alles, was euch angeht, gut zu kennen und sogar in der Kunst Bescheid zu wissen.«

»Warum sollen wir denn von der Kunst nichts erfaßt haben, Herr?« sage ich. »Hier handelt es sich doch um Gotteskunst, und bei uns gibt es unter den ganz einfachen Bauern so große Liebhaber dieser Kunst, daß sie nicht nur alle Schulen auseinanderhalten, wodurch sich zum Beispiel eine von der anderen unterscheidet, die Ustjuger oder die Nowgoroder, die Moskauer oder die Wologdaer, die Sibirische oder die Stroganower, sondern die sogar in derselben Schule die Werke der berühmten, alten russischen Meister fehlerlos unterscheiden.«

»Kann denn das sein?«

»Genau so, wie Sie die Handschrift eines Menschen von der eines anderen unterscheiden, so auch jene«, antwortete ich. »Sie schauen nur hin und sehen gleich, ob es Kusjma, Andrej oder Prokofij gemalt hat.«

»An welchen Merkmalen?«

»Es gibt Unterschiede in der Zeichnung, im Ton, in der Raumverteilung, in den Gesichtszügen und in den Bewegungen.«

Er hörte immerfort zu, und ich erzählte ihm, was ich über die Malerei eines Uschakow und eines Rubljow wußte, und vom ältesten russischen Maler Paramschin, dessen Heiligenbilder unsere gottesfürchtigen Fürsten und Zaren ihren Kindern zum Segen schenkten, denen sie sogar in ihren Vermächtnissen befahlen, diese Ikonen wie ihren Augapfel zu hüten.

Der Engländer zog gleich sein Notizbuch heraus, ließ mich den Namen dieses Malers wiederholen und fragte, wo man Arbeiten von ihm sehen könnte. Aber ich antwortete:

»Sie werden vergeblich suchen, Herr. Nirgends ist eine Erinnerung an sie zurückgeblieben.«

»Wo sind sie denn geblieben?«

»Ich weiß nicht«, sagte ich, »ob man sie zum Pfeifenreinigen verwendet oder bei den Deutschen gegen Tabak eingetauscht hat.«

»Es kann nicht sein!«

»Im Gegenteil«, antwortete ich, »es kann sehr wohl sein, es gibt Beispiele dafür: der römische Papst hat im Vatikan ein Triptychon, das unsere russischen Ikonenmaler Andrej, Ssergej und Nikita im dreizehnten Jahrhundert gemalt haben. Diese vielfigurigen Miniaturen sollen so wunderbar sein, daß selbst die größten ausländischen Maler, die sie sahen, vor diesem wundervollen Werk in Begeisterung gerieten.«

»Aber wie ist es nach Rom gekommen?«

»Peter der Erste hat es einem ausländischen Mönch geschenkt, und der hat es verkauft.«

Der Engländer lächelte ein wenig, wurde dann nachdenklich und sagte leise, daß bei ihnen in England jedes Bildchen von Geschlecht zu Geschlecht bewahrt werde und daß es so für seine Herkunft selbst Zeugnis ablege.

»Nun, bei uns herrscht wahrhaftig eine andere Sitte«, sagte ich, »das Band der Überlieferungen der Vorfahren ist zerrissen, damit alles neu erscheine, als sei das ganze russische Geschlecht erst gestern von der Henne in den Nesseln ausgebrütet worden.«

»Wenn die bei euch gezüchtete Unwissenheit so groß ist, warum bemühen sich dann nicht wenigstens diejenigen, die die Liebe zum Heimatlichen bewahrt haben, die einheimische Kunst zu erhalten?«

Ich antwortete: »Es ist niemand da, Herr, der uns unterstützen würde, denn in den neuen Kunstschulen verfault allerorts das Gefühl, und der Verstand unterwirft sich der Eitelkeit. Die Fähigkeit zur hohen Begeisterung ist verloren gegangen, alles wird vom Irdischen abgeleitet und atmet irdische Leidenschaft. Unsere neuesten Maler haben damit begonnen, den Erzengel Michael nach dem Bildnis des Fürsten Potjomkin von Taurien darzustellen, und jetzt sind sie so weit, daß sie Christus den Erlöser als Juden abbilden. Was soll man von solchen Menschen erwarten? Ihre unbeschnittenen Herzen werden schließlich noch andere Dinge malen und verlangen, daß man die als Gottheit verehre. Hat man doch in Ägypten einen Stier und eine rotgefiederte Zwiebel angebetet; nur wir werden uns nicht vor den fremden Göttern beugen und werden das Judengesicht nicht als das Antlitz des Erlösers anerkennen. Ja, so kunstfertig diese Bilder auch sein mögen, wir halten sie für eine herzlose Frechheit und wollen von ihnen nichts wissen, weil es in der Überlieferung der Väter heißt, daß die Ergötzung der Augen die Reinheit der Vernunft zerstört, wie ein schadhafter Wasserspeier das Wasser trübt.«

Damit schloß ich und schwieg, aber der Engländer sagte:

»Fahre fort, mir gefällt es, wie du urteilst!«

Ich antwortete: »Ich habe schon alles erzählt.« Er aber erwiderte: »Nein, erzähle mir noch, was ihr unter einem beseelten Bilde versteht.«

Diese Frage, meine werten Herren, war für einen einfachen Menschen ziemlich schwierig, aber es war nichts zu machen, und ich begann zu erzählen, wie in Nowgorod der Sternenhimmel gemalt ist, und dann berichtete ich von dem Kiewer Bild in der Sophienkathedrale, wo zu Seiten des Herrn Zebaoth sieben geflügelte Erzengel stehen, die natürlich keine Ähnlichkeit mit dem Fürsten Potjomkin haben, und auf den Stufen der Vorhalle die Erzväter und Propheten dargestellt sind, unter ihnen Moses mit der Gesetzestafel, noch tiefer Ahron mit Mitra und Stab, und auf der anderen Seite der Stufen König David mit der Krone, der Prophet Jesaias mit der Schriftrolle, Hesekiel mit der Geschlossenen Pforte, Daniel mit dem Stein, und um diese Fürbitter, die den Weg zum Himmel weisen, sind die Gaben abgebildet, durch die der Mensch diesen Ruhmesweg erklimmen mag, wie: das Buch mit den sieben Siegeln als die Gabe der Allweisheit, der siebenarmige Leuchter als die Gabe der Vernunft, die sieben Augen als die Gabe des Rates, die sieben Posaunen als die Gabe der Kraft, die Hand Gottes inmitten von sieben Sternen als die Gabe der Gesichte, die sieben Räucherbecken als die Gabe der Frömmigkeit und die sieben Blitze als die Gabe der Gottesfurcht. »Sehen Sie«, sagte ich, »eine solche Darstellung ist erhebend.«

Der Engländer antwortete: »Verzeih mir, mein Lieber, ich verstehe nicht, weshalb du dies erhebend nennst.«

»Weil eine solche Darstellung uns klar sagt, daß es dem Christenmenschen ansteht, zu beten und darnach zu lechzen, sich von dieser Welt zu Gottes unsagbarem Glanze zu erheben.«

»Ja«, erwiderte er, »das kann aber doch ein jeder aus der Schrift und aus dem Gebete erfassen.«

»Nein, durchaus nicht«, antwortete ich, »es ist nicht jedem gegeben, die Schrift zu verstehen, und dem, der sie nicht versteht, gibt auch das Gebet nur Finsternis. Mancher hört die Verheißung der großen und reichen Gnade und schließt daraus, daß damit Geld gemeint sei und betet voller Habsucht; sieht er aber vor sich den himmlischen Glanz dargestellt, so vergißt er hierüber das höchste irdische Glück und sieht ein, daß er dieses Ziel erreichen müsse, weil dort alles so klar und einleuchtend geschildert ist. Hat dann der Mensch für seine Seele zunächst die Gabe der Gottesfurcht erbetet, so erhebt sie sich gleich, von der irdischen Schwere befreit, von Stufe zu Stufe und erringt mit jedem Schritte mehr vom Überfluß der göttlichen Gaben. Und von der Zeit an erscheint dem Menschen im Gebet das Geld und aller irdischer Ruhm nur als verabscheuungswürdig vor dem Herrn.«

Der Engländer erhob sich von seinem Platze und sagte lächelnd: »Und ihr, Sonderlinge, was erbetet ihr euch?«

»Wir beten«, antwortete ich, »um ein christliches Ende und um ein mildes Gericht am jüngsten Tag.«

Er lächelte wieder und zog plötzlich an einer goldgelben Schnur; ein grüner Vorhang ging auf, und hinter ihm saß seine Frau, die Engländerin, auf einem Sessel und strickte vor einer Kerze mit langen Stricknadeln. Sie war eine schöne freundliche Dame, und wenn sie auch nur wenig russisch sprechen konnte, so verstand sie doch alles und hatte gewiß unser Gespräch mit ihrem Manne über die Religion mit anhören wollen.

Und was denken Sie wohl? Kaum war der Vorhang, der sie verdeckt hatte, zurückgezogen, als die Gute sogleich wie erschrocken aufstand, an mich und Luka herantrat und uns Bauern ihre beiden Händchen entgegenstreckte. In ihren Augen blinkten Tränen, und sie sagte:

»Gute Menschen, gute russische Menschen!«

Ich und Luka küßten ihr für dieses gute Wort beide Hände, aber sie drückte ihre Lippen auf unsere Bauernköpfe.

Der Erzähler hielt inne, bedeckte die Augen mit dem Ärmel, wischte sie still und flüsterte dann: »Sie war eine rührende Frau.« Nachdem er sich gefaßt hatte, fuhr er fort:

Nach ihrer freundlichen Tat begann die Engländerin ihrem Manne etwas in ihrer Sprache auseinanderzusetzen. Wenn wir es auch nicht verstanden, so hörten wir an der Stimme, daß sie ihn für uns bat. Und der Engländer freute sich über die Güte seiner Frau, strahlte vor Stolz, streichelte der Frau immerfort das Köpfchen und girrte in seiner Sprache wie eine Taube: »Gut, gut«, oder was er ihr sonst gesagt haben mag; aber es war ersichtlich, wie er sie lobte und sie in etwas bestärkte. Dann trat er an seinen Schreibtisch, nahm zwei Hundertrubelscheine heraus und sagte:

»Luka, hier hast du Geld, geh und suche den kunstfertigen Heiligenbildermaler, wo du ihn zu finden meinst, damit er euch anfertigt, was ihr braucht. Er kann auch für meine Frau etwas in eurer Art malen; sie will ihrem Sohne eine solche Ikone schenken und gibt euch für eure Bemühungen und Auslagen das Geld.«

Sie aber lächelt durch die Tränen und entgegnet rasch: »Nein, nein, nein, das ist von ihm, aber ich will von mir extra.« Und mit diesen Worten geht sie zur Tür hinaus und bringt einen dritten Hunderter.

»Mein Mann«, sagt sie, »hat mir das für ein Kleid geschenkt, aber ich will kein Kleid, ich stifte es euch.«

Wir weigern uns natürlich es anzunehmen, aber sie will davon gar nichts hören und läuft hinaus, während er sagt:

»Nein, wagt nicht, es ihr zu verweigern und nehmt, was sie euch gibt.« Damit wendet er sich weg und sagt: »Geht jetzt, ihr Sonderlinge!«

Wir waren durch diese Verabschiedung natürlich nicht beleidigt, weil wir wohl bemerkt hatten, daß sich der Engländer von uns weggewandt hatte, nur um seine Rührung vor uns zu verbergen.

So haben uns, meine werten Herren, unsere eigenen Landsleute in ihrer Herzensfinsternis verurteilt, und die englische Nation hat uns getröstet und unserer Seele den Eifer wiedergegeben.

Nun wendet sich, meine besten Herren, meine Erzählung dem Ende zu, und ich will Ihnen in Kürze berichten, wie ich meinen lieben, »silbergezäumten« Lewontij mitnahm, wie wir nach dem Ikonenmaler auszogen, welche Ortschaften wir durchwanderten, was für Leute wir sahen, welche neue Wunder sich uns offenbarten, wie wir zuguterletzt fanden, was wir verloren hatten und womit wir zurückkehrten.

10.

Für einen Menschen, der eine Wanderschaft unternimmt, ist der Weggefährte die wichtigste Angelegenheit. Mit einem guten und klugen Kameraden sind selbst die Kälte und der Hunger leichter zu ertragen. Mir ward diese Gabe durch den wunderbaren Jüngling Lewontij zuteil. Wir machten uns zu Fuß auf den Weg. Wir trugen unsere Bündel, hatten eine hinreichende Summe Geldes bei uns und nahmen zum Schutze unseres Lebens und auch des Geldes einen alten, kurzen Säbel mit breiter Klinge mit, der uns für den Fall einer Gefahr immer begleitet hatte. Wir zogen wie Handelsleute unseres Wegs und hatten für alle Fälle Ausflüchte bereit, hatten aber natürlich stets nur unsere Sache im Auge.

Zu allererst waren wir in Klinzy und Slynka, kehrten dann bei einem der Unsern in Orjol ein, aber nirgends hatten wir ein brauchbares Resultat, nirgends fanden wir einen guten Ikonenmaler. So erreichten wir schließlich Moskau. Was soll ich sagen! Heil dir, Moskau! Heil dir, ruhmvolle Zarin des alten Rußlands! Aber wir Altgläubigen haben in dir keinen Trost gefunden!

Ich spreche ungern davon, aber ich kann nicht verschweigen, daß wir in Moskau nicht den Geist antrafen, den wir erwartet hatten. Wir überzeugten uns mit jedem Tag mehr davon, daß die Altgläubigkeit dort nicht auf Liebe zum Guten und zur Wohlanständigkeit begründet ist, sondern auf purem Eigensinn, und Lewontij und ich begannen uns darüber zu schämen, weil wir dort nur solches sahen, was für den friedlichen Gläubigen beleidigend ist. Aber indes wir uns schämten, schwiegen wir darüber.

Es gab natürlich in Moskau Ikonenmaler, und sogar recht kunstfertige, aber was nützte uns das, wenn alle diese Leute nicht den Geist hatten, von dem die väterlichen Überlieferungen berichten. Bevor sich die gottesfürchtigen Maler der alten Zeiten an die heilige Kunst machten, fasteten und beteten sie, und sie leisteten für viel und für wenig Geld das Gleiche, wie es die Ehre der heiligen Darstellung erforderte. Aber jene malen nur für eine kurze Zeit, nicht mehr für die Dauer, grundieren nur schwach mit Kreidefarben, statt mit alabasternen, und tragen in ihrer Faulheit die Farbe mit einemmal auf, statt wie damals vier- und selbst fünfmal mit wasserdünner Farbe zu malen, wodurch jene die wundervolle Zartheit erreichten, die den jetzigen mangelt. Und über der Liederlichkeit in der Kunst sind sie selbst alle schwach geworden, so daß sich jeder vor dem anderen rühmt und einer den anderen zu erniedrigen sucht. Aber noch schlimmer ist, daß sie sich in den Schenken zu Haufen herumtreiben, dort die schlauesten Betrügereien verüben, Wein trinken und ihre Kunst schreierisch loben, das Werk der anderen aber gotteslästerlich und »Teufelsmalerei« nennen. Und um sie herum sitzen die Altertumshändler wie die Sperlinge hinter den Eulen, lassen die altgemalten Heiligenbilder von Hand zu Hand gehen, sie tauschen und fälschen, räuchern sie im Kamin und machen Risse und Wurmfraß hinein. Aus Kupfer gießen sie alle möglichen Beschläge, nach den Vorbildern der alten getriebenen Originale und legen Emaille nach der altüberlieferten Art auf. Aus gewöhnlichen Schüsseln schmieden sie Taufbecken mit den alten gerupften Adlern, wie man sie zur Zeit Iwans des Grausamen herstellte. Sie stellen sie aus und verkaufen sie an unerfahrene Leichtgläubige als echte Taufbecken »aus den Zeiten des Grausamen«. Solcher Taufbecken gibt es jetzt viele in Rußland, aber es ist alles Betrug und gewissenloser Schwindel. Mit einem Wort, die Leute betrügen einander mit Heiligtümern, wie die schwarzen Zigeuner mit Pferden, und treiben es so, daß man sich für sie schämen muß, wenn man überall die Sünde, die Versuchung und den Verrat am Glauben sieht. Wer sich diese Schamlosigkeit zu eigen gemacht hat, dem geht es nicht schlecht; selbst unter den Moskauer Liebhabern finden sich viele, die sich für diesen unehrlichen Handel interessieren und sich damit brüsten: hier habe einer einen mit einem Christusbild betrogen, dort ein anderer einen andern mit einem Nikolai geprellt oder einem auf irgendeine niederträchtige Weise ein gefälschtes Muttergottesbild untergeschoben. All dies wurde ganz offen betrieben, man eiferte sogar darin, die unerfahrenen Gläubigen mit den Heiligtümern zum Narren zu halten. Aber mir und Lewontij als bäuerisch einfachen Gottesverehrern erschien dies alles so unerträglich, daß wir uns darüber grämten und erschraken:

»Ist es denn möglich«, denken wir uns, »daß unser alter unglücklicher Glaube derartig entstellt worden ist?« Und indem ich mir das denke, sehe ich, daß auch er dasselbe in seinem betrübten Herzen trägt. Aber wir sprachen nicht miteinander darüber, und ich bemerkte nur, wie sich mein Jüngling immer mehr in die Einsamkeit flüchtete.

Einmal schaue ich ihn an und habe Sorge, daß er jetzt in der Verwirrung seines Herzens nur nicht auf unnötige Gedanken kommen möge; und ich sage ihm:

»Was hast du, Lewontij, worüber grämst du dich?«

Und er antwortet:

»Nichts, Onkel, nichts; ich bin einmal so.«

»Komm, gehen wir in die Boscheninstraße, in die Eriwaner Schenke und versuchen dort einen Ikonenmaler zu überreden. Heute haben zwei versprochen hinzukommen und alte Ikonen mitzubringen. Ich habe schon eine eingehandelt und will heute noch eine bekommen.«

Aber Lewontij antwortet:

»Nein, Onkelchen, geh du allein, ich gehe nicht mit.«

»Warum gehst du nicht mit?« frage ich.

»So«, antwortet er, »mir ist heute nicht ganz wohl.«

Einmal, zweimal nötigte ich ihn nicht, aber das drittemal fordere ich ihn wieder auf:

»Gehen wir, Lewontjuschka, gehen wir, Junge.«

Aber er verneigt sich rührend und bittet:

»Nein, Onkelchen, weißes Täubchen, laß mich zu Hause bleiben.«

»Aber was ist denn das, Ljowa, du bist doch mit mir als Helfer mitgekommen und sitzt immer zu Hause. So habe ich nicht viel von deiner Hilfe, mein Täubchen.«

»Nun, du Teurer, Väterchen Mark Alexandrowitsch, Gebieter, fordere mich nicht auf, dorthin zu gehen, wo man ißt und trinkt und unziemliche Reden über das Heilige führt, ich könnte der Versuchung unterliegen.«

Das war das erste bewußte Wort über seine Gefühle, und es traf mich ins Herz, aber ich stritt nicht mit ihm und ging allein. An jenem Abend hatte ich ein langes Gespräch mit zwei Ikonenmalern, und durch sie widerfuhr mir ein schreckliches Leid. Es ist entsetzlich, was sie mit mir gemacht haben. Der eine hatte mir für vierzig Rubel eine Ikone verkauft und ging weg; der andere aber sagte:

»Schau zu, Mensch, daß du vor dieser Ikone nicht betest.«

Ich frage: »Warum?«

Er antwortet: »Weil es Teufelsmalerei ist.« Damit kratzt er mit dem Nagel an dem Bild, an der einen Ecke fällt die Farbschicht ab, und auf dem Grund darunter ist ein Teufelchen mit einem Schwanz gemalt.

Er kratzt an einer anderen Stelle die Schicht herunter, und unter ihr ist wieder ein Teufelchen.

»Großer Gott, was ist denn das?« Ich begann zu weinen.

»Das bedeutet, daß du nicht bei ihm, sondern bei mir bestellen sollst«.

Da sah ich klar, daß sie derselben Bande angehörten und verabredet hatten, an mir schlecht und unehrlich zu handeln. Ich ließ ihnen die Ikone zurück und ging fort, die Augen voller Tränen, und lobte Gott, daß mein Lewontij, dessen Glaube eben im Gären war, dies nicht gesehen hatte. Wie ich nach Hause komme, sehe ich in den Fenstern des Stübchens, das wir gemietet hatten, kein Licht, sondern höre von dort ein leises, zartes Singen. Sogleich erkenne ich Lewontijs angenehme Stimme, und er singt mit einem Ausdruck, als ob er jedes Wort in Tränen badete. Ich trete leise ein und bleibe, damit er mich nicht hört, vor der Türe stehen und höre, wie er die Josephsklage singt:

»Wem soll ich meine Trauer sagen,
Wen rufe ich zum Weheklagen?«

Dieser Vers, wenn Sie ihn zu kennen geruhen, ist ohnedies so klagevoll, daß man ihn nicht gleichgültig anhören kann, und Lewontij singt ihn und weint und schluchzt dabei:

»Meine Brüder haben mich verkauft.«

Er weint, und weint, als ob er am Grabe seiner Mutter stehe und singt weiter, und ruft die Erde an zur Weheklage über die Sünde der Brüder.

Diese Worte können einen Menschen immer erregen, mich erregten sie aber jetzt besonders, da ich doch eben von ähnlich streitenden Brüdern weggegangen war. Die Worte hatten mich so gerührt, daß ich selbst aufschluchzte. Lewontij hört es, verstummt und ruft: »Onkel, hör Onkel!«

»Was denn, mein guter Junge?« sage ich.

»Weißt du, wer unsere Mutter ist, von der hier gesungen wird?« fragt er.

»Rahel«, antworte ich.

»Nein«, entgegnet er, »in alter Zeit war es die Rahel, jetzt hat es aber eine andere, geheimnisvolle Bedeutung.«

»Wieso geheimnisvoll?« frage ich.

»Nun, dieses Wort hat einen verwandelten Sinn.«

»Du Kind«, sage ich, »paß auf: ist es nicht gefährlich, was du hier grübelst?«

»Nein«, erwidert er, »ich fühle es in meinem Herzen, daß unser Erlöser sich unseretwegen kreuzigen läßt, weil wir ihn nicht mit einigen Herzen und einigen Lippen suchen.«

Ich erschrak noch mehr: wohin will der Junge nur damit hinaus? Und ich sage ihm:

»Weißt du, Lewontjuschka, gehen wir lieber schneller aus Moskau fort in die Gegend von Nischnij-Nowgorod, um dort den Ikonenmaler Ssewastjan zu suchen; ich habe heute gehört, daß er dort umherzieht.«

»Gut, gehen wir«, antwortet er, »hier in Moskau quält mich schmerzhaft ein böser Geist, aber dort sind Wälder, die Luft ist reiner, und dort, hörte ich, lebt auch der Starez Pamwa, ein Einsiedler ganz ohne Neid und Zorn, den ich gern gesehen hätte.«

»Der Einsiedler Pamwa«, erwidere ich ihm streng, »dient der herrschenden Kirche, was haben wir mit ihm zu schaffen?«

»Nun, was ist das für ein Unglück?« antwortet er: »Ebendeshalb will ich ihn ja sehen, um zu begreifen, was für ein Segen auf der herrschenden Kirche ruht.«

Ich wasche ihm den Kopf und sage: »Was ist denn das für ein Segen?«, aber ich fühle selbst, daß er mehr Recht hat als ich, da er darnach drängt, zu erforschen, während ich einfach verwerfe, was ich nicht kenne, und in meinem Widerstande trotzig bin, ihm also nur Unsinn entgegne.

»Die Angehörigen der herrschenden Kirche«, sage ich, »richten sich in ihrem Glauben nicht nach dem Himmel, sondern nach dem Tor des Aristoteles und bestimmen den Weg auf dem Meere nach dem Stern des heidnischen Gottes Remphan, du aber willst mit ihnen den Blickpunkt gemeinsam haben?«

Aber Lewontij antwortet: »Du fabelst, Onkel: es hat nie einen Gott Remphan gegeben, sondern alles ist durch die eine Allweisheit geschaffen.«

Daraufhin werde ich noch dümmer und sage: »Die Kirchlichen trinken Kaffee«.

»Nun, was ist das für ein Unglück?« antwortet Lewontij. »Der Kaffee ist eine Bohne und wurde dem König David als Geschenk dargebracht.«
»Woher«, sage ich, »weißt du denn das alles?«
»Ich hab es in Büchern gelesen.«
»Nun, wisse dann: alles steht in den Büchern nicht geschrieben.«
»Was ist dort nicht geschrieben?« fragt er.
»Was? Was dort noch nicht geschrieben ist?« Ich weiß gar nicht mehr, was ich sagen soll, und poltere los:
»Die Kirchlichen essen Hasen, und der Hase ist unrein.«
»Beschimpfe nicht, was Gott geschaffen hat, es ist Sünde.«
»Wie soll ich den Hasen nicht beschimpfen, wo er doch unrein ist, von Eselsart, Zwittereigenschaften hat und beim Menschen dickes, melancholisches Blut erzeugt?«
Aber Lewontij lacht nur und sagt:
»Schlaf, Onkel, du redest ungereimtes Zeug.«
Ich muß Ihnen gestehen, daß ich damals noch nicht klar wußte, was in der Seele dieses gesegneten Jünglings vorging; ich war nur sehr erfreut, daß er nicht weitersprechen wollte, denn ich sah selbst ein, daß mein Herz nichts von dem wußte, was ich sprach, und so schwieg ich denn und dachte mir nur, während ich mich niederlegte:
»Nein, diese Zweifel sind bei ihm aus Gram entstanden. Morgen werden wir aufstehen und uns auf den Weg machen; dann wird sich alles in ihm zerstreuen.« Für alle Fälle aber hatte ich in meinem Sinn beschlossen, einige Zeit schweigend neben ihm einherzugehen, um ihm zu zeigen, daß ich noch sehr zornig auf ihn sei.
Nur brachte ich in meinem wetterwendischen Charakter nicht die Kraft auf, mich böse zu stellen, und so begannen wir bald wieder miteinander zu sprechen, und nicht über göttliche Dinge, weil er viel belesener war als ich, sondern über die Gegend, wozu uns die riesigen dunklen Wälder anregten, durch die unser Weg führte. Ich bemühte mich, mein Moskauer Gespräch mit Lewontij zu vergessen, und entschloß mich, auf der Hut zu sein und nicht irgendwie auf den Starez Pamwa, den Einsiedler zu stoßen, der Lewontij so begeistert hatte und über dessen erhabenen Lebenswandel ich selbst unfaßbare Wunder von kirchlich Gläubigen gehört hatte.
»Nun«, denke ich mir, »was soll ich mir große Sorgen machen, wenn ich ihm aus dem Wege gehe? Er selbst wird uns doch gewiß nicht suchen.«

Und so wandern wir wieder friedlich und wohlbehalten und kommen schließlich in Ortschaften, in denen wir Kunde davon erhalten, daß der Ikonenmaler Ssewastjan die Gegend durchziehe. Nun beginnen wir, ihn von Stadt zu Stadt und von Dorf zu Dorf zu suchen, wir folgen ihm schon auf frischer Fährte, wir erreichen ihn fast und können ihn doch nicht einholen. Wir laufen wie gekoppelte Hunde, legen Strecken von zwanzig bis dreißig Werst ohne Rast zurück, aber wenn wir irgendwohin kommen, so sagt man uns:

»Er ist hier gewesen und ist eben, vor einer Stunde weggegangen.«

Wir eilen ihm nach, aber es gelingt uns nicht ihn einzuholen.

Einmal an einer Wegkreuzung gerate ich mit Lewontij in Streit. Ich sage: »Wir müssen rechts gehen«, und er sagt: »Links«. Schließlich hätte er mich beinahe überredet, aber ich beharrte auf meiner Meinung. Wir gehen also und gehen, und schließlich merke ich, daß ich nicht mehr weiß, wohin wir geraten sind, und daß weder ein Pfad, noch eine Spur weiterführt.

Ich sage dem Jüngling: »Kehren wir um, Ljowa!«

Aber er antwortet: »Nein ich kann nicht mehr weitergehen, Onkel, ich habe keine Kraft mehr.«

Ich frage besorgt: »Kindchen, was fehlt dir denn?«

Und er erwidert: »Siehst du denn nicht, wie mich der Frost schüttelt?«

Ich sehe, wie er am ganzen Körper zittert und wie seine Augen umherirren. So plötzlich war es geschehen, meine werten Herren. Er hat über nichts geklagt, ist flink einhergegangen, und nun setzt er sich mit einem Male in einem Wäldchen aufs Gras, lehnt seinen Kopf an einen hohlen Baumstumpf und sagt:

»Oh, mein Kopf, oh mein Kopf! Mein Kopf brennt wie Feuerflammen. Ich kann nicht weiter gehen, ich kann keinen Schritt mehr machen.« Und damit neigt sich der Arme zur Erde und fällt hin.

Dies geschah gegen Abend.

Ich war sehr erschrocken, und während ich wartete, ob sein Anfall nicht nachlassen würde, brach die Nacht herein. Es war Herbstzeit und trüb, die Gegend war unbekannt, ringsum nichts als Fichten und alte Tannen, und der Knabe starb einfach hin. Was sollte ich tun? Unter Tränen sagte ich ihm:

»Ljowuschka, Väterchen, raff dich zusammen, vielleicht erreichen wir ein Nachtlager.«

Aber er neigt das Köpfchen zur Seite, wie eine abgemähte Blume, und spricht wie im Fiebertraum:

»Rühr mich nicht an, Onkel Marko, rühr mich nicht an und fürchte dich nicht.«

Ich sage: »Ich bitte dich, Ljowa, wie soll man sich in solch einer unwegsamen Einöde nicht fürchten?«

Aber er sagt: »Wache, und du wirst behütet werden.«

Ich denke: »Herrgott, was ist denn mit ihm los?« Trotz meiner Angst beginne ich zu horchen, und es scheint mir, als höre ich tief im Wald etwas knistern. »Gnadenreicher Herr!« denke ich mir: »Das ist gewiß ein wildes Tier, das uns gleich zerreißen wird!« Lewontij kann ich schon nichts mehr zurufen, denn ich sehe, daß er gleichsam aus sich selbst herausgeflogen ist und mir enteilt, und so bete ich nur noch: »Engel Christi, beschütze uns in dieser schrecklichen Stunde!« Das Knistern kommt immer näher und ist schon dicht bei uns. Ich muß Ihnen hier, meine werten Herren, eine große Gemeinheit gestehen: Ich war so verzagt, daß ich den kranken Lewontij an der Stelle, an der er lag, zurückließ, schneller als eine Eichkatze auf einen Baum kletterte, mich auf einen Ast setzte, mein Säbelchen zog und, mit den Zähnen wie ein erschreckter Wolf klappernd, wartete, was da kommen würde.

Plötzlich sehe ich aus der Dunkelheit, an die sich meine Augen bereits gewöhnt haben, etwas heraustreten, aber ich kann durchaus nicht erkennen, ob es ein Tier oder ein Räuber ist. Aber wie ich genauer hinschaue, kann ich genau unterscheiden, daß es weder das eine, noch das andere ist, sondern ein kleiner Greis in einer Kutte; ja, ich kann sogar das Beil erkennen, das er im Gürtel stecken hat, und das große Holzbündel auf seinem Rücken. Er kommt auf die Lichtung heraus, atmet hastig, als wolle er die Luft von allen Seiten her einsammeln, wirft dann mit einem Male sein Bündel zur Erde und geht sofort, als habe er die Nähe eines Menschen gewittert, gerade auf meinen Gefährten zu. Er tritt an ihn heran, beugt sich über ihn, schaut ihm ins Gesicht, nimmt ihn dann bei der Hand und sagt: »Steh auf, Bruder.« Und was glauben Sie? Ich sehe, wie er Lewontij aufstehen hilft, ihn zu seinem Bündel führt, es ihm auf die Schultern legt und sagt: »Trag es hinter mir her!« Und Lewontij trägt es.

11.

Sie können sich vorstellen, meine werten Herren, wie ich vor solch einem Wunder erschrecken mußte. Woher war dieser stille, gebieterische Alte gekommen, und wie hatte mein Ljowa, der noch eben dem Tode nahe schien, die Kraft gewonnen, gleich das Holzbündel zu tragen!

Ich stieg, so schnell ich vermochte, vom Baum herunter, warf mein Säbelchen an seinem Strick auf den Rücken, brach mir für alle Fälle einen verläßlichen kräftigen Knüppel und eilte ihnen nach. Ich hatte sie bald eingeholt und sah: der Alte ging voran und war genau so, wie er mir im ersten Augenblick erschienen war, – klein und bucklig, das Bärtchen auf beiden Wangen buschig und weiß wie Seifenschaum, und mein Lewontij folgte schnell seiner Spur und blickte mich dabei unverwandt an. Aber wenn ich ihn ansprach und mit der Hand berührte, schenkte er mir nicht die geringste Aufmerksamkeit und ging wie im Schlaf daher.

Ich trat an den Alten heran und rief:
»Verehrter!«
Und er erwiderte: »Was willst du?«
»Wohin führst du uns?«
»Ich führe niemanden«, sagte er, »alle führt Gott.«
Bei diesen Worten blieb er stehen, und ich sah, daß sich vor uns eine niedrige Mauer mit einem Tor erhob, und in dem Tor ein kleines Pförtchen angebracht war. Der Alte begann daran zu klopfen und rief:
»Bruder Miron! Bruder Miron!«
Aber von drinnen antwortet unwirsch eine grobe Stimme:
»Wieder hast du dich nachts herumgetrieben. Bleib im Wald zu Nacht! Ich lasse dich nicht herein!«
Doch der kleine Greis begann zu flehen und freundlich zu bitten:
»Laß ein, Bruder!«
Plötzlich riß der Grobian von innen die Türe auf, und ich sah einen Menschen in der gleichen Kutte, wie sie der Alte trug, vor mir. Er war ein roher Kerl, und kaum hatte der Alte die Füße über die Schwelle gesetzt, als jener ihm einen Stoß versetzte, daß er beinahe zur Erde gefallen wäre. Aber er sagte:
»Segne dich Gott, mein Bruder, für diesen Dienst.«

»Heiland«, denke ich mir, »wohin sind wir geraten!«

Und plötzlich erleuchtet und entsetzt es mich wie ein Blitz:

»Gott sei mir gnädig! Wenn es nur nicht Pamwa, der zornlose Einsiedler ist. Dann wäre es besser gewesen, ich wäre im dunklen Wald umgekommen oder hätte mir bei einem wilden Tier oder einem Räuber ein Lager gesucht, als unter diesem Dache!«

Kaum hatte er uns in seine kleine Hütte hineingeführt und ein gelbes Wachslicht angezündet, als ich schon erriet, daß wir uns wirklich in einer Waldeinsiedelei befanden. Und ich kann mich nicht mehr beherrschen und frage:

»Verzeih mir, gottesfürchtiger Mann, wenn ich dich frage, ob es sich für mich und meinen Gefährten geziemt, hier zu bleiben, wohin du uns geführt hast?«

Er aber antwortet:

»Gottes ist die ganze Erde, und gesegnet sind alle Lebenden. – Lege dich hin und schlafe!«

»Nein«, erwidere ich, »erlaube, daß ich dir sage: wir gehören dem alten Glauben an.«

»Wir sind alle vom Leibe Christi, er umfängt uns alle.«

Und damit führt er uns in einen Winkel, wo auf dem Boden eine dürftige Lagerstatt aus Matten hergerichtet ist und am Kopfende ein mit Stroh bedeckter Holzklotz liegt, und sagt zu uns beiden: »Schlaft!«

Mein Lewontij legt sich als gehorsamer Junge gleich hin, während ich meine Vorsicht beibehalte und frage:

»Verzeih, Mann Gottes, noch eine Frage ...«

Er antwortet: »Wozu fragen: Gott weiß alles.«

»Nein, sage mir: wie heißt du?«

Aber er erwidert mit dem für ihn ganz unpassenden Weiberspruch:

»Man nennet mich den Enterich, wie man mich heißt, das weiß ich nicht.« Und mit diesen leeren Worten kriecht er mit seinem Lichtlein in eine kleine Kammer, eng wie ein Holzsärglein, aber hinter der Wand vernimmt man wieder die Stimme des Grobians:

»Untersteh dich nicht, Licht zu brennen: du zündest noch die Zelle an. Aus dem Büchlein kannst du am Tage beten, jetzt aber bete im Dunkeln.«

»Ich werde nicht, Bruder Miron«, antwortet jener, »ich werde nicht.«

Und bläst das Lichtlein aus.

Ich flüstere: »Vater, wer ist es, der Euch so barsch bedroht?«

»Es ist mein Diener Miron, ein guter Mensch ... er behütet mich.«

»Nun ist es aus«, denke ich mir, »es ist der Einsiedler Pamwa. Es kann niemand anders sein, als er, der Zorn- und Neidlose. Jetzt ist das Unglück da! Er hat uns hieher gebracht und sengt uns jetzt, wie der Feuerbrand das Fett. Das einzige, was übrigbleibt, ist, morgen beim Morgengrauen Lewontij von hier zu entführen und zu fliehen, damit er nicht wisse, wo wir sind.« Ich klammerte mich an diesen Plan und beschloß nicht zu schlafen, um den Jüngling beim ersten Morgenschimmer zu wecken und zu fliehen.

Um nicht einzuschlafen und womöglich zu verschlafen, liege ich da und spreche in einem fort das Glaubensbekenntnis, wie es der alte Glaube vorschreibt, und wenn ich damit fertig bin, setze ich gleich hinzu: »Dieser Glaube ist der Apostolische, dieser Glaube ist der Katholische, dieser Glaube hält das All ...« und beginne von neuem. Ich weiß nicht, wie oft ich das Glaubensbekenntnis wiederholt habe, um nicht einzuschlafen, aber gewiß waren es viele Male. Und auch der Alte betet noch immer in seinem Sarge, und mir scheint, als zeige mir das Licht in den Balkenritzen, wie er sich immer von neuem verneigt. Und plötzlich meine ich ein Gespräch zu hören, und was für eines ... ein ganz unerklärliches ... als sei Lewontij beim Starez eingetreten und spräche mit ihm über den Glauben ... aber ohne Worte, sondern sie sehen einander nur an und verstehen sich. Dieses Bild stand mir lange vor Augen, und ich hatte darüber schon vergessen, mein Glaubensbekenntnis zu wiederholen. Da glaube ich zu hören, wie der Starez dem Jüngling sagt: »Gehe und entsündige dich!« Und jener antwortet: »Ja, ich will mich entsündigen.« Auch jetzt kann ich Ihnen nicht sagen, ob es im Traume oder in der Wirklichkeit geschehen ist, aber sicher habe ich darauf lange geschlafen. Wie ich endlich erwache, sehe ich: es ist heller Tag, und der Starez, unser Wirt, der Einsiedler, sitzt da und zieht eine Ahle durch einen Lindenbastschuh, den er auf seinen Knien hält. Ich beginne ihn aufmerksam zu betrachten:

Ach, wie schön ist er! Wie vergeistigt! Als wenn ein Engel vor mir säße und für seine Erdenwandlung in unscheinbarer Gestalt Bastschuhe flechte. Ich betrachte ihn und sehe, daß auch er mich anschaut, lächelt und sagt:

»Hast du genug geschlafen, Mark? Es ist Zeit, ans Werk zu gehen.«

Ich erwidere: »Was ist denn mein Werk, gottesfürchtiger Mann? Oder weißt du alles?«

»Ich weiß, ich weiß«, sagt er, »macht denn der Mensch einen weiten Weg ohne Zweck? Alle, Bruder, alle suchen die Wege Gottes. Helfe dir Gott in deiner Demut.«

»Was sagst du, heiliger Mann, meine ›Demut‹? Du bist demütig, aber was habe ich in meiner Eitelkeit für eine Demut?«

Aber er antwortet:

»Ach nein, Bruder, nein, ich bin nicht demütig, ich bin ein großer Sünder, denn ich wünsche teilzuhaben am Himmelreich.«

Und im Bewußtsein dieser Sünde faltet er mit einem Male die Hände und beginnt wie ein kleines Kind zu weinen.

»Herr!« betet er, »zürne mir nicht für diesen Eigenwillen, werfe mich auf den Grund der Hölle und befiehl deinen Teufeln, mich zu quälen, wie ich es verdient habe!«

»Nein«, denke ich mir, »nein, es ist, Gott sei Dank, nicht der scharfsichtige Einsiedler Pamwa, es ist einfach ein geistesumnachteter Greis.« Ich dachte mir, daß doch niemand bei gesundem Verstande auf das Himmelreich verzichten und beten könne, Gott möge ihn zur Peinigung den Teufeln geben. Einen solchen Wunsch hatte ich in meinem ganzen Leben noch von niemand gehört, und so wandte ich mich von der Klage des Greises ab, da ich sie für eine Verrücktheit und eine von den Teufeln geschickte Versuchung hielt. Dann dachte ich mir, daß ich noch immer hier liege, während es doch Zeit zum Aufstehen sei; plötzlich sehe ich aber, wie sich die Türe öffnet und mein Lewontij hereintritt, den ich ganz vergessen hatte. Er tritt ein, fällt vor dem Starez nieder und sagt:

»Vater, ich habe alles vollbracht, jetzt segne mich!«

Der Starez sieht ihn an und antwortet:

»Friede sei mit dir: ruhe dich aus!«

Und ich sehe, wie sich mein Jüngling vor ihm wieder bis zur Erde verneigt, hinausgeht, und der Einsiedler wieder an seinen Bastschuhen arbeitet.

Da springe ich mit einem Male auf und denke:

»Nein, jetzt nehme ich schnell meinen Ljowa, und fort von hier!« Damit trete ich in den kleinen Vorraum und sehe dort meinen Jüngling ausgestreckt auf der Holzbank daliegen, die Hände auf der Brust gefaltet.

Um meine Unruhe nicht zu verraten, frage ich ihn laut:

»Weißt du vielleicht, wo ich Wasser schöpfen kann, um das Gesicht zu waschen?« Und ich setze flüsternd hinzu: »Beim lebendigen Gott beschwöre ich dich, laß uns so schnell wie möglich von hier gehen!«

Dabei sehe ich ihn genauer an und merke, daß Ljowa nicht atmet … Er ist dahingegangen … Gestorben …

Und ich schreie mit einer Stimme, die wie eine fremde klingt:

»Pamwa, Vater Pamwa, du hast meinen Knaben getötet!«

Aber Pamwa tritt leise auf die Schwelle und sagt freudig:

»Fortgeflogen ist unser Ljowa!«

Mich packt der Zorn:

»Ja«, antworte ich unter Tränen, »er ist fortgeflogen. Da hast seine Seele hinausgelassen, wie eine Taube aus dem Käfig.«

Und dann werfe ich mich zu den Füßen des Entschlafenen nieder und stöhne und weine, bis am Abend die Mönche aus dem kleinen Kloster kommen, seinen Leichnam waschen, in einen Sarg legen und davontragen, denn er war am Morgen, während ich schlief, zur herrschenden Kirche übergetreten.

Mit dem Vater Pamwa sprach ich kein Wort mehr. Was hätte ich ihm auch sagen können: beschimpfte man ihn, so segnete er, – hätte man ihn geschlagen, so würde er sich bis zur Erde verneigt haben. Unüberwindlich war dieser Mensch in seiner Demut! Wovor sollte er auch erschrecken, wenn ihm selbst die Hölle begehrenswert erschien? Nein, ich hatte nicht umsonst vor ihm gezittert und gefürchtet, daß er uns ansengen werde wie der Feuerbrand das Fett. Mit seiner Demut würde er selbst alle Teufel aus der Hölle vertreiben oder zu Gott bekehren. Wenn sie anfingen ihn zu quälen, würde er sie bitten: »Peinigt mich grausamer, ich habe es verdient.« Nein, nein, solche Demut kann nicht einmal der Satan ertragen. Er würde sich beide Hände an ihm wundschlagen, würde sich die Nägel abreißen und dann selber seine ganze Ohnmacht vor Dem, der solche Liebe erschaffen, erkennen und in Scham vor Ihm vergehen!

So sagte ich mir denn, daß dieser Greis mit den Lindenbastschuhen der Hölle zum Verderben geschaffen sei. Und ich streifte die ganze Nacht im Walde umher, wußte selbst nicht, weshalb ich nicht das Weite suchte, und dachte unablässig:

»Wie mag er wohl beten, auf welche Weise, nach welchen Büchern?« Und dabei fiel mir ein, daß ich bei ihm kein einziges Heiligenbild gesehen hatte, bloß ein Kreuz aus zwei mit Lindenbast aneinander gebundenen Stäbchen, und auch keine dicken Bücher.

»Gott!« erdreiste ich mich zu urteilen, »wenn die herrschende Kirche nur zwei solche Menschen hat, so sind wir verloren, denn dieser Mensch ist ganz beseelt von Liebe.«

Immer wieder muß ich an ihn denken, und gegen Morgen ergreift mich ein heftiges Verlangen, ihn vor meinem Weggang wenn auch nur für einen Augenblick wiederzusehen.

Kaum habe ich dies gedacht, als ich wieder dasselbe Knistern vernehme, und der Vater Pamwa wieder mit Beil und Holzbündel aus dem Walde heraustritt und sagt:

»Was säumst du so lange? Beeile dich, dein Babylon zu errichten!«

Dieses Wort schien mir bitter, und ich sagte:

»Weshalb machst du mir diesen Vorwurf? Ich errichte kein Babylon und scheide mich vom babylonischen Pfuhl.«

Aber er antwortet:

»Was ist Babylon? Eine Säule des Dünkels, schmeichle dir nicht mit deiner Rechtschaffenheit, sonst verläßt dich dein Engel.«

Ich sage: »Vater, weißt du denn, weshalb ich wandere?« Und ich erzähle ihm unser ganzes Leid. Und er hört alles an, hört und antwortet:

»Der Engel ist geduldig, der Engel ist mild; wie es der Herr ihm befiehlt, so kleidet er sich, was er ihm befiehlt, das wirkt er. Also ist der Engel! Er lebt in der Seele des Menschen, die Unwissenheit hat ihn versiegelt, aber die Liebe wird das Siegel zerbrechen.«

Damit entfernt er sich von mir, aber ich kann die Augen nicht von ihm wenden, kann mich nicht bezwingen, falle nieder und verneige mich vor ihm bis zur Erde. Als ich das Gesicht erhebe, ist er nicht mehr da, ob ihn nun die Bäume verdeckten, oder ... Gott weiß, wohin er verschwunden ist.

Ich begann über seine Worte nachzudenken: der Engel lebt in der Seele des Menschen und ist versiegelt, aber die Liebe wird ihn befreien, und plötzlich kommt mir in den Sinn: »Wenn er selbst der Engel war, und Gott ihm befohlen hat, mir in dieser Gestalt zu erscheinen, – so werde ich nun wie Lewontij sterben!«

Von diesem Gedanken erfaßt, entsinne ich mich kaum mehr, wie ich auf einem Baumstamm über den Bach komme und zu laufen beginne: sechzig Werst ohne Rast, immer in der Angst und der Vorstellung, den Engel gesehen zu haben, bis ich auf einmal ein Dorf erreiche und dort den Ikonenmaler Ssewastjan finde. Wir verständigten uns bald, besprachen alles und beschlossen, uns schon am nächsten Tag auf den Weg zu machen. Aber unsere Vereinbarung war ohne jede Wärme, und unsere Reise noch weniger, einmal weil der Ikonenmaler Ssewastjan ein nachdenklicher Mensch war, und dann wohl noch mehr, weil ich nicht mehr derselbe war, wie zuvor. Vor meiner Seele stand der Einsiedler Pamwa, und meine Lippen flüsterten die Worte des Propheten Jesajas: »Der Geist Gottes spricht aus dem Munde dieses Menschen.«

12.

Der Ikonenmaler Ssewastjan und ich legten den Rückweg rasch zurück und fanden, nachts bei unserer Baustelle angelangt, alles wohlbehalten vor. Nachdem wir die Unsrigen begrüßt hatten, gingen wir gleich zu Jakow Jakowlewitsch. Der verlangte voll Neugierde gleich den Ikonenmaler zu sehen; er betrachtete dann in einem fort dessen Hände und zuckte nur mit den Achseln, weil seine Hände übergroß, wie Harken waren und ganz schwarz, wie auch Ssewastjan selbst schwarz wie ein Zigeuner aussah. Jakow Jakowlewitsch sagte ihm:

»Ich wundere mich, Bruder, wie du mit diesen Riesenhänden zeichnen kannst!«

»Warum denn? Warum sollen meine Hände nicht dazu taugen?«

»Du kannst doch«, sagt er, »etwas Kleines mit ihnen gar nicht ausführen?«

Jener fragt: »Warum?«

»Ja, weil deinen Gelenken die Geschmeidigkeit fehlt.«

Aber Ssewastjan erwidert: »Das ist Unsinn! Können mir denn meine Finger etwas erlauben oder nicht erlauben? Ich bin ihr Herr, und sie sind meine Diener, die mir gehorchen.«

Der Engländer lächelt: »Also wirst du unseren versiegelten Engel nachbilden?«

»Warum denn nicht?« antwortete jener. »Ich gehöre nicht zu den Meistern, die ihr Werk fürchten, sondern mich fürchtet das Werk. So genau werde ich ihn nachbilden, daß Sie ihn vom echten nicht werden unterscheiden können.«

»Gut«, sagte Jakow Jakowlewitsch, »wir werden uns unverzüglich bemühen, die echte Ikone herbeizuschaffen, in der Zwischenzeit beweise mir aber, um mich zu überzeugen, deine Kunstfertigkeit. Male meiner Frau eine Ikone nach altrussischer Art und so, daß sie ihr auch gefällt.«
»Welchem Heiligen zu Ehren soll sie sein?«
»Ja, das weiß ich nicht«, antwortete er, »ihr ist das gleich, nur daß es ihr gefällt.«
Ssewastjan dachte nach und fragte:
»Worum betet denn deine Gemahlin am meisten zu Gott?«
»Ich weiß nicht, mein Freund, ich weiß es nicht, aber ich denke, wahrscheinlich daß aus den Kindern ehrliche Menschen werden.«
Ssewastjan dachte wieder nach und antwortete:
»Gut, ich werde ihren Geschmack treffen.«
»Wie willst du ihn treffen?«
»Ich werde etwas darstellen, was die Beschaulichkeit vertieft und dem Geist des Gebetes Ihrer Gemahlin wohlgefällig ist.«
Der Engländer ließ für ihn im Dachstübchen seines eigenen Hauses alles herrichten, aber er arbeitete nicht dort, sondern setzte sich an das Fensterchen auf dem Dachboden über Luka Kirillows Stube und begann dort seine Tätigkeit.
Aber was er da gemacht hat, meine werten Herren, das hatten wir uns gar nicht vorgestellt. Als das Gespräch auf die Kinder kam, da dachten wir, er werde Roman den Wundertäter darstellen, zu dem man wegen Unfruchtbarkeit betet, oder den Kindermord in Jerusalem, was den Müttern, die ihre Fruchtbarkeit verloren haben, immer gefällt, weil Rahel dort mit ihnen über die Kinder weint und sich nicht trösten kann. Aber dieser kluge Ikonenmaler hatte erwogen, daß die Engländerin schon Kinder habe und nicht darum bete, daß der Himmel ihr welche schenke, sondern daß er den Charakter der Kinder festige, und malte etwas ganz anderes, was ihrem Streben noch mehr entsprechen mußte. Er wählte dazu ein altes Holztäfelchen, so groß wie eine Handfläche, und begann darauf seine Kunst zu zeigen. Vor allen Dingen trug er, natürlich, den Grund mit starkem Kasanschen Alabaster auf, daß er glatt und hart wie Elfenbein wurde; darauf teilte er das Täfelchen in vier gleiche Flächen und zeichnete auf jede eine besondere kleine Ikone, die er nochmals mit einer goldgemalten Fassung umrahmte. Das erste Quadrat stellte dar: die Geburt Johannes des Täufers mit acht Figuren, dem neugeborenen Kind und dem Gemach;

– das zweite die Geburt der hochheiligen Gottesmutter mit sieben Figuren, dem Kind und dem Gemach; – das dritte die unbefleckte Geburt des Erlösers, den Stall und die Krippe, und davor stehend die Himmelskönigin, Joseph, die gottesfürchtigen Hirten, Salome und allerlei Vieh: Ochsen, Schafe, Ziegen und Esel, und die Möwe, die den Juden verboten ist, zum Zeichen, daß das Ganze nicht vom Judentum kommt, sondern von der Gottheit, die alles geschaffen hat. Auf dem vierten Bildchen ist die Geburt Nikolai des Wundertäters zu sehen; der Heilige wieder als neugeborenes Kind, das Gemach und viele Umherstehende. Soviel Sinn war darin enthalten, daß man vor sich die Erzieher so vieler guter Kinder sah, und soviel Kunst in all den stecknadelgroßen Figuren in ihrer Beseeltheit und Bewegung! So liegt bei der Geburt der Muttergottes die heilige Anna, wie es im griechischen Original dargestellt ist, auf dem Lager, und vor ihr stehen zymbelschlagende Mädchen und andere, die Gaben halten, und solche mit Sonnenschirmen in den Händen und wieder andere, die Lichter tragen. Die eine Frau hält die heilige Anna unter den Schultern, Joachim späht in die vorderen Gemächer; eine zweite Frau wäscht die heilige Gottesgebärerin bis zu den Lenden, ein danebenstehendes Mädchen gießt aus einem Gefäß Wasser in das Becken. Die Räume sind alle mit dem Zirkel voneinander getrennt, und in dem äußersten Gemach sitzen Joachim und Anna auf dem Thron, und Anna hält die hochheilige Gottesgebärerin; aber um das Gemach herum erheben sich steinerne Pfeiler mit roten Vorhängen, und draußen ist eine weiße und gelbe Mauer. Wunderbar, wunderbar hatte Ssewastjan das alles dargestellt, und in jedem kleinsten Gesichtchen hatte er das ganze Schauen Gottes ausgedrückt! Er nannte das Bild »Fruchtbarkeit« und brachte es den Engländern. Die betrachteten es und schlugen die Hände zusammen: Niemals, sagten sie, hätten sie solche Phantasie erwartet und solche Feinheit der Kleinmalerei geahnt. Sie betrachteten es dann sogar noch mit dem Vergrößerungsglas und fanden auch damit keinen Fehler. Sie gaben Ssewastjan für die Ikone zweihundert Rubel und sagten:

»Kannst du noch kleiner darstellen?«

Ssewastjan antwortet: »Ja«.

»Dann kopiere mir auf meinen Fingerring das Porträt meiner Frau.«

Aber Ssewastjan antwortet: »Nein, das kann ich nicht.«

»Warum denn nicht?«

»Weil ich mich in dieser Kunst noch nie versucht habe, und dann auch weil ich meine Kunst nicht erniedrigen will, um nicht den Unwillen der Väter auf mich zu ziehen.«

»Was ist das für ein Unsinn!«

»Das ist durchaus kein Unsinn«, antwortet er. »Wir haben aus gottesfürchtiger Zeit eine Bestimmung, die auch in einem Patriarchenbrief bestätigt wird: Wenn einer zu einem so heiligen Werk wie die Ikonenmalerei berufen ist, so ist es einem geziemend lebenden Ikonenmaler geboten, nichts denn heilige Darstellungen zu malen.«

Jakow Jakowlewitsch sagt darauf:

»Und wenn ich dir fünfhundert Rubel dafür gebe?«

»Und wenn Sie mir fünfhunderttausend bieten würden, es wäre ganz gleich, Sie würden sie behalten.«

Das Gesicht des Engländers strahlte, aber er sagte im Scherz zu seiner Frau: »Wie gefällt dir das, daß er es für eine Erniedrigung hält, dein Gesicht zu malen?«

Aber auf englisch fügte er hinzu: »Oh, ein guter Charakter«. Und dann sagte er:

»Nun seht zu, Brüder, jetzt bringen wir die Sache zum Abschluß. Wie ich sehe, habt ihr für alles Regeln: also nehmt euch jetzt in acht, um nichts zu versäumen oder zu vergessen, was irgendwie stören könnte.«

Wir antworteten, daß wir nichts derartiges voraussähen.

»Nun, dann gebt acht«, sagt er, »ich beginne.« Und dann fährt er zum Erzbischof mit der Bitte, er möge ihm erlauben, um seinen Eifer zu beweisen, die Beschläge des versiegelten Engels vergolden und den Rahmen neu malen zu lassen. Der Erzbischof will weder zusagen, noch ihn abweisen, aber Jakow Jakowlewitsch gibt nicht nach und erreicht es endlich. Wir warteten indes schon, wie Pulver aufs Feuer.

13.

Erlauben Sie, meine werten Herren, hier daran zu erinnern, daß seit dem Beginn meiner Geschichte ziemlich viel Zeit verflossen war und es schon auf Weihnachten ging. Aber dort ist das Wetter um diese Zeit mit dem unsrigen nicht zu vergleichen; es ist launisch, und einmal verbringt man diesen Feiertag bei Winterwetter, das anderemal vom

Regen durchnäßt; den einen Tag friert es, den nächsten taut es; bald ist der Fluß mit schmutzigem Eise bedeckt, bald schwillt er an und führt Eisschollen wie beim Hochwasser im Frühling. Mit einem Wort, es herrscht dort um diese Zeit ganz unbeständiges Wetter, oder, wie man es in der Gegend nennt: »Schlackwetter«, – und so war es auch jetzt.

In dem Jahre, in das meine Erzählung fällt, war diese Unbeständigkeit sehr verdrießlich. Während ich mit dem Ikonenmaler auf dem Wege war, hatten wir, ich weiß nicht wie oft, bald Winter-, bald Sommerwetter. Was unseren Bau betrifft, war die Zeit sehr dringend, da die sieben Pfeiler fertig waren und eben die Ketten von einem zum anderen Ufer gespannt wurden. Unsere Arbeitgeber wollten natürlich die Ketten so schnell wie möglich miteinander verbinden, um an ihnen eine Notbrücke zur Materialbeschaffung während des Hochwassers aufzuhängen. Es gelang aber nicht, denn kaum hatte man die Ketten gespannt, als ein derartiger Frost einsetzte, daß man die Arbeit an der Brücke einstellen mußte. So blieb es auch, die Ketten hingen ohne Brücke. Dafür schuf Gott eine andere Brücke: der Fluß war zugefroren, und unser Engländer fuhr über das Eis des Dnjepr, um sich um unsere Ikone zu bemühen. Als er zurückkam, sagte er zu mir und Luka:

»Wartet, Kinder, morgen bringe ich euch euren Schatz.«

Herrgott, was empfanden wir bei dieser Nachricht! Zuerst wollten wir es geheim halten und nur dem Ikonenmaler mitteilen; aber kann denn das Menschenherz so etwas für sich behalten? Anstatt das Geheimnis zu wahren, liefen wir zu allen unsrigen, klopften an die Fensterchen, flüsterten miteinander und bemerkten gar nicht, daß wir von Hütte zu Hütte liefen. Der Schnee erstrahlte im Frost wie Edelsteine, und am klaren Himmel funkelte der Hesperus.

In dieser freudigen Hast verbrachten wir die ganze Nacht, und in der gleichen begeisterten Stimmung erwarteten wir den Tag. Vom frühen Morgen ab wichen wir keinen Schritt von unserem Ikonenmaler und wußten kaum, wohin wir ihm die Stiefel nachtragen sollten, denn jetzt war die Stunde da, in der alles von seiner Kunst abhing. Er brauchte nur einen Wunsch über eine Handreichung oder etwas ähnliches laut werden zu lassen, als schon gleich zehn davonrannten und in ihrem Eifer übereinander stolperten. Selbst der alte Maroi lief sich die Absätze von den Stiefeln weg. Nur der Ikonenmaler selbst war ruhig, da er ähnliches schon mehr als einmal erlebt hatte, und bereitete sich ohne alle Hast zu seiner Arbeit vor: er rührte Eiklar mit Kwas an, prüfte den Lack, legte ein altes Brettchen in der Größe der Ikone zurecht, richtete eine scharfe, haarfeine Säge her, spannte sie in einen starken Bogen, setzte sich dann an das Fensterchen und verrieb die voraussichtlich notwendigen Farben auf der Handfläche mit den Fingern. Wir hatten uns alle vor dem Ofen gewaschen, reine Hemden angezogen, und standen nun am Ufer und schauten nach der Stadt hinüber, aus der unser segenbringender Gast kommen sollte. Unsere Herzen schlugen bald hoch, bald verzagt.

Ach, was waren es für Augenblicke, und sie dauerten vom Morgengrauen bis gegen Abend. Endlich sehen wir, wie von der Stadt her der Schlitten des Engländers auf dem Eise daherjagt, gerade auf uns zu … Uns alle überläuft ein Schauer, wir werfen die Mützen zur Erde und beten:

»Gott, Vater der Geister und der Engel, sei Deinen Knechten gnädig!« Und während des Gebetes fallen wir nieder auf den Schnee und breiten voll Verlangen die Hände aus, als wir plötzlich über uns die Stimme des Engländers hören:

»He, ihr Altgläubigen, da habe ich euch was mitgebracht!« Und er übergibt uns ein kleines Bündel in einem weißen Tuch.

Luka empfängt es und erstarrt: er fühlt etwas zu Kleines und zu Leichtes darin. Er lüftet die eine Ecke des Tuches und sieht, daß es nur der Beschlag von unserer Ikone ist und nicht der Engel selbst.

Wir stürzen auf den Engländer zu und sagen ihm unter Weinen:

»Man hat Euch betrogen, Euer Gnaden, das ist nicht die Ikone, man hat Euch nur ihren silbernen Beschlag mitgegeben.«

Aber der Engländer ist auf einmal nicht mehr der gleiche, der er bis jetzt zu uns gewesen ist. Sicher hat ihn die Langwierigkeit der Sache verärgert, und er schreit uns an:

»Was faselt ihr da? Ihr habt mir doch selbst gesagt, daß ich nur um den Beschlag bitten solle, und den habe ich auch erbeten, aber ihr wißt einfach nicht, was ihr wollt!«

Wir sehen, daß er aufgebracht ist, und versuchen ganz vorsichtig, ihm klarzumachen, daß wir die Ikone selbst brauchen, um eine Kopie von ihr herzustellen. Aber er hört uns nicht mehr an, jagt uns davon und erweist uns einzig die Gnade, zu befehlen, ihm den Ikonenmaler zu schicken.

Ssewastjan begibt sich zu ihm, und der Engländer fährt auf ähnliche Weise auch ihn an:

»Deine Bauern«, sagt er, »wissen nicht, was sie wollen, sie haben nur um den Beschlag gebeten und erklärt, daß du, um einen Abriß zu machen, nur die Maße brauchtest. Jetzt heulen sie, daß er ihnen nichts nütze. Aber ich kann weiter nichts tun, weil der Erzbischof das Bild selbst nicht hergibt. Also fälsche rasch das Bild, wir wollen es mit dem Beschlag bekleiden, und dann stiehlt mir der Sekretär das echte Bild.«

Der Ikonenmaler Ssewastjan versucht, als verständiger Mensch, ihn mit milder Rede umzustimmen und antwortete:

»Nein, Euer Gnaden, unsere Bauern verstehen ihre Sache schon; wir brauchen wirklich das Bild selbst. Das hat man nur zu unserer Kränkung ausgedacht, daß wir angeblich nur feststehende Nachahmungen malen könnten. Wir haben zwar Vorschriften, aber ihre Ausführung ist der freien Kunst überlassen. So ist uns beispielsweise vorgeschrieben, die Heiligen Sossima oder Gerassim mit dem Löwen abzubilden; der Phantasie des Heiligenmalers aber ist es freigestellt, den Löwen nach seiner Auffassung darzustellen. Ebenso wird der heilige Neophit mit einer Taube abgebildet, Konon Gradarij mit einem Blümchen, Timofej mit einem Heiligenschrein, Georgij und Ssawwa der Stratilate mit Lanzen und Kondrat mit Wolken, weil er die Wolken abgerichtet hat, aber jeder Ikonenmaler hat die Freiheit darzustellen, wie die Phantasie seiner Kunstfertigkeit es ihm erlaubt, und so kann ich wiederum nicht wissen, wie dieser Engel gemalt ist, den man vertauschen will.«

Der Engländer hörte sich das alles an, aber dann jagte er den Ssewastjan wie uns hinaus; wir hören auch keine weiteren Entschlüsse mehr von ihm, und so sitzen wir, meine werten Herren, wie die Krähen am Flusse und wissen nicht, ob wir ganz verzweifeln, oder ob wir noch hoffen sollen. Zum Engländer wagen wir uns nicht mehr, und nun beginnt auch noch das Wetter mit unsrer Stimmung wesenseins zu werden. Ein entsetzliches Tauwetter bricht an, es regnet ohne Unterlaß, der Himmel sieht tagsüber wie eine Rauchwolke aus und ist nachts so finster, daß der Hesperus, der doch sonst im Dezember kaum vom Himmelsbogen verschwindet, kein einziges Mal aufglänzt. Alles war düster wie in einem Gefängnis. Und ebenso begingen wir auch das Weihnachtsfest. Am Heiligenabend aber brach ein Gewitter los, und dann setzte ein Gußregen ein, der zwei Tage und zwei Nächte unaufhörlich niederströmte. Er schwemmte den ganzen Schnee weg und spülte ihn in den Fluß, auf dem das Eis blau zu werden und sich zu blähen begann, um am letzten Jahrestag zu bersten und stromabwärts zu treiben. In den trüben Wellen schiebt sich Scholle auf Scholle, und alles staut sich bei unseren Bauten. Berstend und krachend türmt sich das Eis zu Bergen, und dröhnt – Gott verzeih es mir! – wie entfesselte Höllengeister. Daß die Pfeiler diesen Druck aushielten und stehen blieben, war erstaunlich. Millionen hätten verloren gehen können. Aber uns war es nicht darum zu tun: unser Ikonenmaler Ssewastjan wurde ungeduldig, packte seine Sachen und wollte in andere Gegenden ziehen, weil er sah, daß er hier keine Arbeit erhalten werde, und wir konnten ihn durch nichts zurückhalten.

Auch der Engländer hatte anderes zu tun; das Unwetter hatte auf ihn solchen Eindruck gemacht, daß er fast von Sinnen gekommen wäre: er ging, wie man sich erzählte, immer umher und fragte alle, denen er begegnete: »Wohin bloß, wohin?« Dann hatte er sich plötzlich beherrscht, ließ Luka zu sich rufen und sagte:

»Weißt du was, Bauer: gehen wir deinen Engel stehlen!«

Luka antwortete: »Einverstanden!«

Aus Lukas Erzählung war zu entnehmen, daß der Engländer geradezu danach dürstete, Gefahren auszukosten. Er hatte also vor, morgen zum Erzbischof in das Kloster zu fahren, den Ikonenmaler als einen Vergolder mitzunehmen und zu bitten, man möge ihm die Ikone zeigen, damit sein Begleiter eine genaue Kopie für die Beschläge anfertigen könne. Währenddessen würde Ssewastjan Gelegenheit haben, sich den Engel deutlich einzuprägen, um dann zu Hause eine Nachahmung herzustellen. Wenn dann der wirkliche Vergolder die Beschläge fertig hat, wird man sie zu uns über den Fluß herüberbringen und Jakow Jakowlewitsch wird wieder ins Kloster fahren und den Wunsch äußern, dem festtäglichen Gottesdienst des Erzbischofes beizuwohnen. Er würde im Mantel in die Kapelle treten, sich in dem dunklen Altarraum an den Opfertisch stellen, hinter dem unsere Ikone auf dem Fenster steht, das Bild stehlen, es unter den Mantel stecken und jemandem befehlen, den Mantel, angeblich wegen der Hitze, hinauszutragen. Auf dem Hofe hinter der Kirche würde dann einer der Unsrigen das Bild aus dem Mantel in Empfang nehmen und mit ihm auf das andere Ufer eilen, und hier würde dann unser Ikonenmaler das alte Bild während des Gottesdienstes aus dem Rahmen lösen und das gefälschte hineinstellen, dann sollte es jemand so zurückschaffen, daß Jakow Jakowlewitsch es wieder aufs Fenster stellen könne, als sei nichts geschehen.

»Warum nicht?« sagten wir. »Wir sind mit allem einverstanden.«

»Nur gebt acht«, sagte er, »und denkt daran, daß ich sonst als Dieb dastehe; aber ich will euch glauben, daß ihr mich nicht preisgebt.«

Luka Kirillow antwortete:

»Wir sind nicht, Jakow Jakowlewitsch, solchen Geistes, daß wir unsere Wohltäter verraten. Ich werde die Ikone in Empfang nehmen und Ihnen die beiden zurückbringen, die echte und die Kopie.«

»Nun, und wenn du durch etwas daran verhindert wirst?«

»Was soll mich verhindern können?«

»Nun, du stirbst plötzlich oder ertrinkst?«

Luka dachte nach: wie soll plötzlich ein derartiges Hindernis eintreten? Aber dann bedenkt er, daß etwas derartiges in der Tat vorkommen könne, daß der Schatzgräber den Schatz finde, aber auf dem Weg zum Markte einem tollen Hunde begegne, – und er antwortete:

»Für diesen Fall, gnädiger Herr, lasse ich Ihnen einen Menschen zurück, der, wenn ich nicht eintreffe, die ganze Schuld auf sich nimmt und selbst den Tod erduldet, Sie aber nicht preisgibt.«

»Und wer ist es, auf den du dich so verläßt?«

»Der Schmied Maroi«, antwortete Luka.

»Dieser Alte?«

»Ja, er ist nicht jung.«

»Aber er sieht gar zu einfältig aus!«

»Wir brauchen auch seinen Verstand nicht. Aber er ist ein Mensch, der würdigen Geist in sich trägt.«

»Was für ein Geist kann denn in einem dummen Menschen wohnen?«

»Der Geist, Herr«, antwortete Luka, »wird nicht nach dem Verstande bemessen, der Geist atmet, wo er will und wächst gleich dem Haar bei dem einen lang und üppig und bei dem andern spärlich.«

Der Engländer überlegte:

»Gut, gut. Das sind alles interessante Empfindungen. Aber wie soll er mir heraushelfen, wenn ich in die Patsche gerate?«

»Das macht er so«, antwortete Luka: »Sie werden in der Kirche am Fenster, und Maroi draußen vor dem Fenster stehen. Bin ich dann bis zum Schlusse des Gottesdienstes nicht mit dem Bilde gekommen, so wird Maroi die Scheibe einschlagen, durch das Fenster steigen und alle Schuld auf sich nehmen.«

Das gefiel dem Engländer:

»Interessant«, sagte er, »interessant. Aber warum soll ich dem dummen Menschen mit dem Geiste glauben, daß er nicht selbst davonläuft?«

»Nun, das ist eben Sache des gegenseitigen Vertrauens.«

»Gegenseitiges Vertrauen«, wiederholte er … »Hm, gegenseitiges Vertrauen! Soll ich für einen dummen Bauern nach Sibirien, oder er für mich unter die Knute? Hm, hm, wenn er sein Wort hält … unter die Knute … Das ist interessant.«

Man schickte nach Maroi, erklärte ihm, worum es sich handle, und er sagte: »Nun, was ist dabei?«

»Und du wirst nicht davonlaufen?« fragte der Engländer.

Maroi antwortete: »Warum denn?«

»Damit man dich nicht peitscht und nach Sibirien verschickt.«

Aber Maroi erwiderte: »Nun, weiter nichts?«

Der Engländer ist vor Freude lebendig geworden:

»Reizend«, sagt er, »wie interessant!«

14.

Gleich nach der Unterredung begann die Aktion. Am Morgen setzten wir die große herrschaftliche Barkasse in Stand und fuhren den Engländer ans andere Ufer. Dort setzte er sich mit dem Ikonenmaler Ssewastjan in eine Kalesche und fuhr zum Kloster. Nach einer guten Stunde sehen wir unseren Ikonenmaler dahereilen mit einem Blatt in den Händen.

Wir fragen:

»Hast du sie gesehen, Teurer, und kannst du sie jetzt nachmachen?«

»Ich habe sie gesehen«, antwortet er, »und werde sie genau treffen, vielleicht, daß sie etwas lebhafter in den Farben wird, aber das ist kein Unglück, denn wenn die echte Ikone herkommt, werde ich in einem Nu das Leuchten der Farben dämpfen.«

»Väterchen«, bitten wir, »gib dir Mühe!«

»Schon gut«, erwidert er, »werde mich schon bemühen.«

Und kaum hatten wir ihn zurückgerudert, als er sich auch gleich an seine Arbeit setzte, und um die Dämmerung war der Engel auf dem Täfelchen fertig und glich unserm versiegelten, wie ein Tropfen Wasser dem andern, nur die Farben schienen etwas frischer.

Gegen Abend schickte der Vergolder die neuen Beschläge, und nun kam die gefährliche Stunde unseres Diebstahls.

Wir hatten, wie es sich versteht, alles vorbereitet und warteten auf den gegebenen Augenblick. Kaum ließen sich vom anderen Ufer her die ersten Glockenklänge zur Abendmesse vernehmen, als wir zu dritt ein Boot bestiegen, ich, Luka und der alte Maroi, der ein Beil, einen Meißel, eine Brechstange und ein Seil mitgenommen hatte, um mehr einem Diebe zu gleichen. Wir steuerten gerade auf die Klostermauer zu.

Die Dämmerung bricht um diese Jahreszeit früh an, und obwohl es Vollmondwoche war, blieb die Nacht pechschwarz, eine richtige Diebesnacht. Am anderen Ufer angelangt, ließen Maroi und Luka mich im Boot zurück und schlichen zum Kloster hinauf. Ich wartete voll Ungeduld. Die Ruder hatte ich ins Boot genommen, das ich an einem Strickende am Ufer festhielt, und war bereit abzustoßen, sobald Luka seinen Fuß ins Boot setzen würde. In der Besorgnis, wie alles gelingen würde und ob wir die Spuren unseres Diebstahls rechtzeitig verwischen könnten, erschien mir die Zeit schrecklich lang. Es dünkte mir, es sei schon viel Zeit verstrichen. Die Dunkelheit war entsetzlich, der Wind fegte nunmehr anstatt des Regens nassen Schnee daher. Das Boot schaukelte, und ich treuloser Knecht begann, mich allmählich in meinem Mantel erwärmend, einzuschlummern. Plötzlich beginnt das Boot unter einem Stoß zu schwanken, ich zucke zusammen und sehe den Onkel Luka im Boote stehen, der mit fremder, gepreßter Stimme sagt: »Rudre!«

Ich ergreife die Ruder, kann sie aber vor Schreck nicht in die Dollen einlegen. Schließlich gelingt es mir, ich stoße vom Ufer ab und frage: »Onkel, habt ihr den Engel bekommen?«

»Ich habe ihn, rudre stärker!«

»Erzähle doch«, forsche ich weiter, »wie habt ihr ihn bekommen?«

»Genau wie es geplant war.«

»Werden wir noch rechtzeitig zurückkommen können?«

»Wir müssen es können: eben erst haben sie mit der großen Litanei begonnen. Rudre! Wohin ruderst du?«

Ich sehe mich um: Großer Gott, ich rudere wirklich nicht in unsere Richtung, und doch scheint es mir, daß ich richtig quer über die Strömung halte, aber unsere Siedlung ist nicht zu sehen, weil Schnee und Sturm schrecklich daherfegen und mich blind machen. Ringsum heult der Wind und schaukelt das Boot, und oben vom Fluß weht es wie von Eis her.

Aber mit Gottes Gnade erreichen wir das Ufer, springen beide aus dem Boot und laufen, was wir laufen können. Der Ikonenmaler ist schon bereit; er handelt kaltblütig und entschlossen. Vor allem nimmt er die Ikone, und als alle vor ihr niederfallen und sich verneigen, läßt er sie den versiegelten Engel küssen und schaut selbst bald auf ihn, bald auf die Kopie und sagt: »Sie ist gut! Man muß sie nur ein wenig mit Safran dämpfen und etwas mit schmutziger Farbe tönen.« Damit nimmt er die Ikone, spannt sie in den Schraubstock, richtet die Säge her ... und dann fliegt sie nur. Wir alle stehen herum und schauen voller Angst zu, ob er die Ikone nicht beschädige. Stellen Sie sich vor, wie er mit seinen übergroßen Händen das Bild, welches kaum stärker als ein Blättchen dünnsten Schreibpapieres ist, vom Brett abtrennt. Wie leicht ist da ein Unglück geschehen: wenn die Säge nur um ein Haar schief geht, so schneidet sie es durch und zerreißt das Antlitz! Der Ikonenmaler Ssewastjan aber verrichtete die schwierige Arbeit mit solcher Kaltblütigkeit und Kunstfertigkeit, daß es einem, wenn man ihn dabei betrachtete, gleich ruhig ums Herz wurde. Wie er das Bild als dünnste Schicht abgetrennt hat, schneidet er in einem Augenblick das Ausgesägte aus den Rändern heraus, nimmt seine Kopie, zerknittert sie in der Faust und schlägt sie dann auf die Tischkante, als wolle er sie zerreißen und vernichten; schließlich betrachtet er die Leinwand gegen das Licht, und nun ist das neue Bildchen voller Sprünge wie ein feines Sieb, Ssewastjan klebt es nun auf das alte Brett, nimmt dunkle Schmutzfarbe auf die Hand, mischt sie mit dem Finger mit Safran und altem Firnis zu einer Art Kitt und reibt damit kräftig, mit der vollen Handfläche das zerknitterte Bildchen ein. Dies alles hatte er mit großer Schnelligkeit vollführt, und nun sah die neue Ikone aus wie eine alte und glich aufs genaueste der echten.

Dann wurde die Kopie in einem Nu mit Lack bedeckt, und wir setzten sie in den Rahmen. Nun nahm Ssewastjan das echte, vom Brett abgetrennte Bild und verlangte so schnell wie möglich einen Fetzen von einem alten Filzhute.

Damit begann der äußerst schwierige Prozeß der Entsiegelung.

Man gab dem Ikonenmaler einen Hut, und er zerriß ihn sofort über dem Knie in zwei Teile, bedeckte mit dem einen den versiegelten Engel und schrie: »Das heiße Plätteisen!«

Im Ofen lag auf sein Geheiß ein schweres Schneiderbügeleisen. Michailiza packte es mit der Ofengabel und reichte es Ssewastjan. Jener umwickelte den Griff mit einem Lappen, spuckte auf das Eisen und legte es auf den Filzfetzen. Von dem Filz steigt ein böser Gestank auf, aber der Ikonenmaler wiederholt es noch und noch einmal und nimmt es dann plötzlich weg. Seine Hand fliegt wie der Blitz; der Rauch steigt schon in einer Säule hoch, aber Ssewastjan versteht zu backen: mit der einen Hand dreht er langsam den Filzlappen und mit der anderen führt er geschickt das Eisen. Mit jedemmal fährt er langsamer, aber fester darüber und dann wirft er plötzlich den Fetzen und das Eisen weg und hält die Ikone ans Licht: das Siegel ist fort, als wäre es nie dagewesen! Der starke Stroganower Lack hat standgehalten, der Siegellack ist vollständig verschwunden, nur ein schwacher feuerroter Tau ist zurückgeblieben, aber das leuchtende, heilige Antlitz ist jetzt ganz zu sehen.

Der eine weint, der andere betet, der dritte beugt sich über die Hände des Ikonenmalers, um sie zu küssen, nur Luka Kirillow vergißt seine Aufgabe nicht, sondern kargt mit jeder Minute. Er reicht Ssewastjan die Kopie und sagt:

»Nun, mach schneller fertig!«

Aber jener antwortet: »Mein Werk ist beendet, ich habe alles getan, was ich übernommen habe.«

»Und das Siegel aufdrücken?«

»Wohin?«

»Ja hierher, auf das Gesicht des neuen Engels, wie es bei jenem alten war.«

Aber Ssewastjan schüttelt den Kopf und antwortet:

»Nein, ich bin kein Beamter, daß ich mich erfrechen würde, so etwas zu tun.«

»Was sollen wir nun anfangen?«

»Ja, das weiß ich doch nicht. Ihr hättet dafür einen Beamten oder einen Deutschen herbitten sollen. Das habt ihr jetzt versäumt, nun tut es selbst.«

Luka erwidert:

»Was glaubst du wohl! Um nichts in der Welt werden wir uns dazu erfrechen.«

Und der Ikonenmaler antwortet:

»Auch ich werde mich nicht erfrechen.«

Während der wenigen Minuten dieses Streites stürzt plötzlich die Frau Jakow Jakowlewitschs totenbleich ins Zimmer und spricht:

»Seid ihr denn noch nicht fertig?«

Wir antworten, wir seien fertig und auch wieder nicht fertig: das Wichtige sei vollbracht, aber eine Kleinigkeit vermöchten wir nun nicht.

Sie erwidert: »Auf was wartet ihr denn? Hört ihr denn nicht, was sich draußen tut?«

Wir horchen und erbleichen noch mehr als sie. In unserer Sorge hatten wir dem Wetter keine Aufmerksamkeit geschenkt, und nun hören wir es draußen toben: das Eis geht!

Ich springe hinaus und sehe, wie das Eis schon über den ganzen Fluß treibt, wie die Schollen krachend und berstend übereinander springen. Besinnungslos stürze ich zu den Booten... kein einziges ist mehr da, alle sind fortgeschwemmt. Mir stockt die Zunge im Munde, so daß ich kein Wort über die Lippen bringe, und mir scheint es, ich versinke in die Erde … Ich stehe da … rühre mich nicht … und gebe keinen Laut von mir.

Aber während wir hier im Dunkeln umherirren, hatte die Engländerin, die mit Michailiza in der Stube zurückgeblieben war, die Ursache der Verzögerung erfahren, die Ikone ergriffen … und einen Augenblick später eilt sie, in der einen Hand eine Laterne haltend, mit dem Bild auf die Treppe hinaus und schreit:

»Nehmt! Fertig!«

Wir schauen hin: auf dem Antlitz des neuen Engels ist das Siegel! Luka steckt die beiden Ikonen sofort in den Busen und schreit:

»Das Boot!«

Ich eröffne ihm, daß kein Boot da ist, daß alle fortgetrieben sind.

Und ich sage Ihnen, das Eis treibt daher wie eine Herde, zerschellt an den Pfeilern und erschüttert die Brücke, so daß die armdicken Ketten dröhnen.

Wie die Engländerin dies hört, wirft sie die Hände empor und schreit mit unmenschlicher Stimme: »James!« Und sie fällt in Ohnmacht.

Und wir stehen dabei und fühlen nur das eine: »Wo bleibt jetzt unser Wort? Was wird jetzt mit dem Engländer, was mit dem alten Maroi?«

Eben ertönt vom Glockenturm des Klosters das dritte Läuten.

Da rafft sich Onkel Luka auf und ruft der Engländerin zu:

»Komm zu dir, Gnädige, deinem Manne wird nichts geschehen. Vielleicht wird der Henker das alte Fell unseres Maroi peitschen und sein ehrliches Gesicht mit dem Brandzeichen entehren, aber das soll erst nach meinem Tode geschehen.« Dabei bekreuzigt er sich und geht.

Ich schreie ihm zu: »Onkel Luka, wo willst du hin? Lewontij ist umgekommen, auch du wirst es!« Und ich eile ihm nach, um ihn aufzuhalten. Allein er hebt das vor seinen Füßen liegende Ruder auf, das ich bei unserer Ankunft auf die Erde geworfen habe, schwingt es über mich und schreit: »Fort, oder ich schlage dich tot!«

Meine werten Herren, ich habe mich in meiner Erzählung offen genug als kleinmütig bekannt, als ich den verstorbenen Knaben Lewontij auf der Erde seinem Schicksal überließ und selbst auf einen Baum kletterte; aber ehrlich und offen sage ich Ihnen, daß ich hier vor dem Ruder Onkel Lukas nicht erschrocken und auch nicht zurückgewichen wäre ... aber, ob Sie es mir glauben oder nicht, in dem Augenblick, als ich mich des Namens Lewontijs erinnerte, sah ich, wie die Gestalt des Jünglings zwischen mir und Luka in der Dunkelheit erstand und drohend gegen mich die Hand erhob. Diesen Schrecken konnte ich nicht ertragen und wich zurück. Aber Luka stand schon am Ende der Kette und rief uns plötzlich, den einen Fuß auf die Kette setzend, zu:

»Stimmt den Chor an!«

Unser Vorsänger Arefa steht bei uns, vernimmt es und beginnt sogleich: »Ich öffne die Lippen«. Die anderen fallen ein, und so schreien wir den Chor dem Sturmgeheul entgegen, und Luka bangt nicht vor den Todesschrecken und schreitet über die Brückenketten weiter. Binnen einer Minute hat er das erste Joch zurückgelegt und steigt zum zweiten nieder ... Und weiter? Die Dunkelheit umfängt ihn, er ist nicht mehr zu sehen: ob er noch geht oder schon herabgestürzt ist und von den verfluchten Schollen in den Strudel getrieben wird, wir wissen es nicht, wir wissen nicht, ob wir für seine Rettung oder für die ewige Ruhe seiner starken, liebenswerten Seele beten sollen.

15.

Was war inzwischen am anderen Ufer geschehen? Seine Eminenz der Erzbischof zelebrierte wie gewöhnlich die Abendmesse und ahnte nicht, daß inzwischen am Nebenaltar ein Diebstahl ausgeführt wurde. Unser Engländer Jakow Jakowlewitsch, der mit seiner Erlaubnis an diesem Altar stand, stahl den Engel und schickte ihn, wie er es geplant hatte, mit seinem Mantel hinaus, wo Luka mit ihm davoneilte. Der alte Maroi blieb seinem Worte getreu vor dem gleichen Fenster stehen und wartete bis zur letzten Minute. Kehrte Luka nicht zurück, so würde er, gleich nachdem sich der Engländer zurückgezogen hätte, das Fenster einschlagen und mit der Brechstange und dem Meißel wie ein wirklicher Dieb durch das Fenster in die Kirche steigen. Der Engländer wendet kein Auge von ihm und sieht, wie der alte Maroi, gehorsam und seinem Versprechen getreu, dasteht und ihm zunickt, wenn er das Gesicht des Engländers dem Fenster zugewendet erblickt, als ob er sagen wollte: »Hier bin ich, der verantwortliche Dieb«.

So beweisen sie einander ihren Edelmut, und keiner will dem anderen gestatten, ihn im gegenseitigen Vertrauen zu übertreffen. Aber zu ihrer beider Glauben gesellt sich noch ein dritter, stärkerer, von dessen Wirken sie jedoch nichts wissen. Als der letzte Glockenschlag der Nachtmesse verklungen war, öffnete der Engländer leise das Klappfenster, damit der alte Maroi hereinsteige, und war schon im Begriff, sich zurückzuziehen, als er plötzlich bemerkte, daß sich der alte Maroi abgewendet hatte, ihn nicht mehr ansah, sondern gespannt nach dem Flusse hinüberschaute und in einem fort wiederholte:

»Helfe ihm Gott herüber, helfe ihm Gott herüber, helfe ihm Gott herüber!«

Dann sprang er plötzlich auf, tanzte wie betrunken und schrie:

»Gott hat ihm herübergeholfen, Gott hat ihm herübergeholfen!«

Jakow Jakowlewitsch geriet in helle Verzweiflung und dachte:

»Jetzt ist es zu Ende: der dumme Alte ist verrückt geworden, ich bin verloren!« Da sieht er auf einmal, wie Maroi den Luka umarmt.

Der alte Maroi stammelt: »Ich habe geschaut, wie du mit Laternen über die Ketten gingst.«

Luka erwidert: »Ich hatte keine Laterne dabei.«

»Woher kam das Leuchten?«

Luka antwortet:

»Ich weiß nicht, ich habe kein Leuchten gesehen, ich bin so schnell gelaufen, wie ich konnte, und weiß nicht einmal, wie ich herübergekommen und nicht gefallen bin.«

»Das waren Engel ... ich habe sie gesehen, und darum überlebe ich diesen Tag nicht und sterbe noch heute.«

Luka aber hat keine Zeit, viel zu reden, und so antwortet er dem Alten nicht, sondern reicht dem Engländer beide Ikonen durch das Fenster. Der nimmt sie und fragt:

»Warum ist kein Siegel darauf?«

Luka fragt: »Wieso ist keines?«

»Ja, es ist keines.«

Da bekreuzigt sich Luka und sagt:

»Nun ist es aus. Jetzt ist keine Zeit, es auszubessern. Dieses Wunder hat der Engel der herrschenden Kirche vollbracht, und ich weiß weshalb.«

Damit stürzt Luka in die Kirche, drängt sich in den Altarraum, wo man den Erzbischof eben entkleidet, wirft sich ihm zu Füßen und spricht:

»Ich bin ein Gotteslästerer, und das habe ich getan!« Und er erzählt ihm alles. »Nun befehlen Sie, daß man mich in Ketten legt und ins Gefängnis abführt.«

Der Bischof hört voll Würde alles an und antwortet:

»Durch Betrug habt ihr das Siegel von eurem Engel genommen, unser Engel hat es selbst von sich genommen und dich hergeführt.«

Luka erwidert:

»Ich sehe es, Eminenz, und erbebe. Befehlen Sie nur rasch, daß man mich dem Strafgericht überliefert.«

Aber der Erzbischof antwortet in vergebendem Tone:

»Kraft der mir von Gott gegebenen Gewalt vergebe ich dir und spreche dich los. Bereite dich vor, morgen Christi allerreinsten Leib zu empfangen.«

Nun, und weiter, meine werten Herren, glaube ich, daß ich Ihnen nichts mehr zu erzählen habe. Luka Kirillow und der alte Maroi kehrten am nächsten Morgen zurück und sagten:

»Väter und Brüder, wir haben die Herrlichkeit des Engels der herrschenden Kirche gesehen, die Vorsehung Gottes über ihr und die Güte ihres Hierarchen; wir sind selbst von ihm mit dem heiligen Öl gesalbt worden und haben heute bei der Messe den Leib und das Blut des Erlösers empfangen.«

Ich trug in mir schon lange, seit dem Besuch beim Starez Pamwa, das Verlangen, mich im Geiste mit ganz Rußland zu vereinigen und rief:

»Und wir gehen mit dir, Onkel Luka!«

Und so versammelten wir uns alle zu einer Herde, wie Schäflein unter einem Hirten, und hatten kaum begriffen, wozu und wohin der versiegelte Engel uns alle geführt hatte, warum seine Wege zu Beginn verworren waren, und wie er sich dann der Menschenliebe willen entsiegelte, die sich in jener schrecklichen Nacht offenbarte.

16.

Der Erzähler war zu Ende. Die Hörer schwiegen; schließlich aber räusperte sich jemand und bemerkte, daß in dieser Geschichte alles zu erklären sei: Michailizas Träume, die Erscheinung, die sie im Halbschlaf erblickte, das Herunterfallen des Engels, den eine hereingelaufene Katze oder ein Hund herabgestoßen hatte, auch Lewontijs Tod, der schon vor seiner Begegnung mit Pamwa krank gewesen war, das alles sei erklärlich. Zu erklären sei schließlich auch die zufällige Erfüllung der Worte des in Rätseln sprechenden Pamwa.

»Begreiflich ist auch«, fügte der Hörer hinzu, »daß Luka mit dem Ruder über die Ketten gegangen ist: die Maurer sind bekannt als Meister im Steigen und Klettern, und mit dem Ruder hatte er das Gleichgewicht gehalten. Es ist schließlich auch begreiflich, daß Maroi um Luka ein Leuchten gesehen hat, das er für Engel hielt. Einem aufs äußerste gespannten, vor Kälte erstarrten Menschen mag allerlei vor den Augen flimmern! Ich würde es selbst noch begreiflich finden, wenn zum Beispiel der alte Maroi, seiner Voraussage nach, den Tag nicht überlebt hätte ...«

»Er hat ihn nicht überlebt«, erwiderte Mark.

»Vortrefflich! Auch hierin ist nichts Verwunderliches, wenn ein achtzigjähriger Greis nach solchen Aufregungen und einer derartigen Erkältung stirbt. Aber was mir in der Geschichte ganz unerklärlich bleibt, ist, wie das Siegel, das die Engländerin auf den neuen Engel aufgedrückt hatte, verschwinden konnte?«

»Nun, das ist gerade das Allereinfachste«, sagte Mark heiter, und erzählte, wie man bald darauf das Siegel zwischen Beschlag und Bild gefunden habe.

»Wie konnte das geschehen?«

»Nun so: auch die Engländerin wollte sich nicht erdreisten, das Gesicht des Engels zu beschädigen, und so befestigte sie das Siegel auf einem Papier, das sie unter den Beschlag schob. Das war sehr klug und kunstfertig von ihr gehandelt, als aber Luka die Heiligenbilder auf seiner Brust beim Tragen erschütterte, fiel das Siegel ab.«

»Nun, jetzt ist also die ganze Geschichte einfach und natürlich.«

»Ja, so schließen viele, daß hier alles auf ganz gewöhnliche Weise vor sich gegangen sei, und nicht nur die gebildeten Herrschaften; denen sie bekannt geworden ist, sondern auch die Unsrigen, die im Schisma verblieben sind, lachen darüber, daß uns eine Engländerin mit einem Papierchen der Kirche zugeschoben habe. Aber wir streiten nicht gegen solche Beweise. Jeder beurteilt es so, wie er es glaubt, uns aber ist es gleich, auf welchen Wegen der Herr den Menschen zu finden weiß und aus welchem Gefäß er ihn tränkt, wenn er ihn nur sucht und seinen Durst nach Vereinigung mit dem Vaterlande stillt. – Aber da kommen schon die Fell-Bauern aus dem Schnee gekrochen. Haben sich anscheinend ausgeruht, die Herzigen, und werden gleich weiterfahren. Vielleicht nehmen sie mich ein Stück mit. Die Wassilijnacht ist vorbei. Ich habe Sie ermüdet und Ihnen vielerlei von mir berichtet. Dafür habe ich die Ehre, Sie zum neuen Jahr zu beglückwünschen, und verzeihen Sie mir Unwissendem um Christi Willen!«

Die Epopöe von Wischnewskij und seiner Sippe

1.

Im Perejaslawer Kreise des Poltawaschen Gouvernements lebte der Gutsbesitzer Iwan Gawrilowitsch Wischnewskij. Durch die Freigebigkeit der Kaiserin Jelisaweta Petrowna hatte er ein großes Gut an beiden Ufern des Flusses Ssupoi erhalten. (Die Flüsse Udai und Ssupoi werden in einem Lehrbuch der Geographie als *wegen ihrer vielen Mängel zur Schiffahrt ungeeignet* bezeichnet.) Das Gut bestand aus zwei großen Dörfern, von denen das eine Farbowanaja hieß, das andere Ssosnowka.

Der alte Pan Iwan Wischnewskij lebte und starb auf diesem Gut. Nach seinem Tod gingen Farbowanaja und Ssosnowka auf seinen Sohn, Stepan Iwanowitsch Wischnewskij, über, der eine heroische Berühmtheit erlangte. Es ist freilich möglich, daß die Phantasie sie durch Legenden ergänzt und ausgeschmückt hat.

Stepan Iwanowitsch war athletisch gebaut, ein Recke, dabei gastfreundlich, starrköpfig und ein schrecklicher Wüstling, aber er besaß Bildung. Er war einer der jungen Leute gewesen, die die Kaiserin Jekaterina nach England geschickt hatte, *zur Ausbildung des Verstands und des Herzens*. Nach seiner Rückkehr aus England trat er ins Garderegiment zu Pferd ein, aber als er den Rang eines Leutnants erhalten hatte, nahm er seinen Abschied, heiratete eine Adelige aus dem Twerschen Gouvernement, Stepanida Wassiljewna aus dem Geschlechte der Schubinskijs, und ließ sich in seinem eigenen Hause zu Moskau nieder. Zu tun hatte Wischnewskij hier nichts, und er begann *wunderlich* zu werden.

Vor allem gedachte er, den Moskowitern durch seine kosakische Nationalität zu imponieren. Er wollte mit niemand verkehren, kleidete sich kleinrussisch, trank viel *Gebrannten* und aß angeblich nur Bärenfleisch.

Der Kaiserin wurde berichtet, daß Wischnewskij *die gesellschaftlichen Sitten außer acht lasse*, und dem Starrkopf wurde eine Rüge zuteil. Er beschloß, sich zu bessern, und ließ sich zu diesem Zweck aus Kleinrußland einen Kosakenwagen mit einem Ochsengespann nach Moskau bringen und dazu einen Burschen, der mit den Ochsen umzugehen verstand. Am Tage der üblichen und für alle angesehenen Personen der Residenz obligatorischen Visiten schickte sich Stepan Iwanowitsch an, *bei allen Respektspersonen Visite zu machen.* Aber er fuhr nicht etwa leichthin in einer Equipage aus, sondern mit einem ganzen Zuge. Voraus galoppierte ein Jockei auf einer stutzschwänzigen englischen Stute, ihm folgte eine prächtige mit sechsen bespannte Kutsche, in der der Kammerdiener saß, und hinter ihr kam der Wagen oder die kleinrussische *Fuhre*, auf der Pan Wischnewskij thronte. Der Wagen war bespannt mit einem Paar schwarzgrauer krummhörniger Ochsen. Der Pan saß, wie die kleinrussischen Bauern zu sitzen pflegen – das heißt in der Mitte des Wagens auf einem Haufen Roggenstroh und rauchte phlegmatisch eine Weichselpfeife kleinrussischer Fasson. Der Kleinrusse, der die Ochsen lenkte, trug Pluderhosen *so weit wie Wolken*, ein geteertes Hemd, schwere Stiefel und eine hohe, zottige Mütze. Er ging mit einer Peitsche neben den Ochsen her, hielt sie mit einem Riemen am Nasenring, *damit sie in der lärmenden Stadt* nicht scheuen, und schrie ihnen bald »Zo-be« und bald »Zob« zu.

Der Jockei hatte die Liste der Personen, die dieser verwilderte Europäer besuchen sollte. Er sprengte voran, ritt in den Hof der hochmögenden Persönlichkeit und meldete laut: »Mein Pan kommt!« Wenn dann der Zug in Sicht kam, wendete sich ihm der Jockei mit dem Gesicht zu und rief wieder: »Da ist der Pan Wischnewskij selbst gekommen!«

Dann hielt die Kutsche vor der Freitreppe, ihr entstieg der Kammerdiener Stepan Iwanowitschs und trat ins Haus, um zu fragen, ob es den Herrschaften genehm sei, seinen Herrn zu empfangen.

Empfing man Wischnewskij, so fuhr die Kutsche weiter, und an der Freitreppe hielt die *Fuhre* mit dem Ochsengespann; Stepan Iwanowitsch stieg aus, begab sich in die Gemächer und beschenkte freigiebig die ihm unter die Augen kommende Dienerschaft. In den Appartements benahm er sich als vornehmer Herr und Europäer, prunkte mit prächtigen Manieren, vorzüglichen Sprachkenntnissen und der schlagfertigen Bissigkeit seines kleinrussischen Verstandes.

Denn er war ein zu Scherzen aufgelegter Herr, sprach Französisch und Italienisch und vermochte in diesen Sprachen Gott zu preisen. Nur war er zu faul dazu.

2.

Wischnewskij aß, wie oben erwähnt, angeblich nur Bärenfleisch und hielt deshalb auf einem der Twerschen Güter seiner Frau einen Bärenzwinger. Man mästete dort die Bären und brachte sie nach Moskau zum Tisch Stepan Iwanowitschs. Gegen die Polizei hegte Wischnewskij einen eingeborenen und unbesiegbaren Haß, und kein Polizist durfte es wagen, seinen Hof zu betreten, ohne zu riskieren, allen möglichen Beleidigungen ausgesetzt zu sein, wenn ihn Stepan Iwanowitsch erblickte. Wischnewskijs Haus zu Moskau war für die Polizei unzugänglich, und aus diesem oder einem anderen Grunde stand es bald in einem sehr geheimnisvollen, aber wenig schmeichelhaften Rufe. Obendrein wurde auch noch durch die sittenlosen Instinkte Wischnewskijs in Bezug auf die Frauen, oder um es genauer zu bezeichnen, auf die Kinder weiblichen Geschlechts gefördert. Die Polizei haßte ihrerseits Stepan Iwanowitsch und suchte einen Anlaß, um ihm seine Flegelhaftigkeit heimzuzahlen, fand aber lange keinen geeigneten Grund dafür. Schließlich stellte sich einer ein. Ein Hofhund hatte einen noch nicht ganz des Fleisches beraubten Knochen auf die Straße geschleppt und dort fallen lassen, und in diesem Knochen erkannte man das Gelenk eines kleinen menschlichen Fußes. Einige Tage später wiederholte sich dasselbe. Man beobachtete den Hund und sah, daß er diese Knochen aus der Abfallgrube holte. Die Dienerschaft der Nachbarhäuser begann davon zu reden, daß Wischnewskij mit seinen leibeigenen Mädchen Schändliches treibe und sie dann töte. Bald zählte man auch schon die spurlos verschwundenen Mädchen auf und nannte sogar ihre Namen.

Die Polizei erblickte hierin nicht nur einen hinreichenden Grund einzuschreiten, sondern hielt es geradezu für ihre Pflicht – was es in der Tat auch war. Zu diesem Zweck erschienen der Polizeikommissar und der Revieraufseher auf dem Hof Stepan Iwanowitschs und schritten zur Besichtigung der Grube, aus der der Hund die verdächtigen Knochen geholt hatte. Die treuen Diener Stepan Iwanowitschs ließen die Polizei nicht zur Besichtigung zu, ehe sie ihren *Pan* davon in Kenntnis gesetzt hatten. Stepan Iwanowitsch zog seinen Rock an, ging selbst zu den Polizisten hinaus und befahl ihnen, die Grube zu öffnen. Zur Freude der Polizisten fand sich dort eine ganze Menge dergleichen Knochen, die den Anlaß zu dem Verdacht gegeben hatten. Aber zugleich stellte sich freilich heraus, daß sie keineswegs Überreste menschlicher Füße waren, sondern die Tatzen der jungen, für den Tisch Wischnewskijs getöteten Bären.

Die Polizisten gerieten in Verlegenheit und begannen sich bei Wischnewskij zu entschuldigen und erklärten, sie seien durch Verdächtigungen und verleumderische Gerüchte zu diesem Mißgriff verleitet worden.

Wischnewskij verzieh ihnen und ... prügelte sie mit der Knute.

Dieser krasse Vorfall hatte zur Folge, daß ihm befohlen wurde, Moskau zu verlassen und auf seinen kleinrussischen Dörfern zu leben, die sein Vater durch die Freigebigkeit der Kaiserin Jelisaweta Petrowna erhalten hatte.

Wischnewskij mußte sich dem Befehl unterwerfen und fuhr nach Farbowanaja im Perejaslawschen Kreis, um dort sein Treiben in noch größerer Freiheit fortzusetzen.

Der Vorfall mit den Bärentatzen wird nach Moskauer Darstellungen verschiedenen Personen zugeschrieben; Stepan Iwanowitsch Wischnewskij wird er nur in einigen kleinrussischen Überlieferungen zugeeignet, die vor allem in den vom Udai und Ssupoi befruchteten Tälern verbreitet sind. Bezüglich der Visiten mit dem Ochsengespann suchte ich in Moskauer Überlieferungen vergeblich nach einer Erinnerung an diese originelle Ausfahrt. Diese Erzählung muß man daher als zweifelhaft ansehen. Aber unter den Bewohnern der Täler von Udai und Ssupoi bestehen viele Liebhaber solcher Überlieferungen nachdrücklich auf die Wahrheit dieser Geschichte und weisen alle Einwände, daß sie in Moskau nicht bestätigt werde, mit Selbstvertrauen und voll Verachtung zurück, indem sie ihre dicken Kosakenlippen aufwerfen und sagen: »Ja, dort – wenn ihr die Wahrheit in Moskau suchen wollt!«

3.

Als Stepan Iwanowitsch Wischnewskij auf seine kleinrussischen Dörfer übersiedelte, baute er sich in den beiden Orten, an den beiden Ufern des ruhmwürdigen Ssupoi, in Farbowanaja und in Ssosnowka je ein Haus. In beiden in großherrschaftlichem Stil errichteten Häusern hielt er zahlreiche Dienerschaft, Jagdgefolge, Gestüte und Harems. Mit den letzteren begnügte sich Stepan Iwanowitsch übrigens nicht, sondern machte überdies bei allen Frauen seiner Herrschaft ausgedehnten Gebrauch von den Rechten eines Padischah. Er lebte abwechselnd bald auf dem einen, bald auf dem anderen Gut und hielt überall die von ihm eingeführten willkürlichen Sitten aufrecht. Er hielt es für sein vollstes Recht, jeden, wie er sich ausdrückte, *zu seinem Christenglauben* zu bekehren, und erreichte frei und schrankenlos alles, was er zu erreichen wünschte.

Unter allen Launen seines Eigensinns nahm Wischnewskijs unbezähmbarer Haß gegen die Polizei die erste Stelle ein. Kaum war er angekommen, als er die Anordnung traf, daß weder der Kreischef noch der Polizeikommissar, noch überhaupt irgendein Beamter es wagen dürften, mit Schellen durch seine Herrschaft zu fahren. Den Bauern war befohlen, jeden, der mit Geläute durchs Dorf fuhr, anzuhalten und sich zu erkundigen, wer er sei. Wenn der Durchreisende ein Adeliger oder überhaupt eine Privatperson war, so mußten sie ihn weiterfahren lassen und ihm sagen, daß das Land, durch das er fahre, dem Pan Wischnewskij gehöre, und daß dieser Pan ehrliche Gäste *liebe und schätze*. Sie luden die Durchreisenden ein, zum Herrn zu kommen, um sich dort von den Reisemühen zu erholen und die Gastfreundschaft des Pan zu genießen. Wenn der Durchreisende Eile hatte und nicht *zu Gast* fahren wollte, sondern sich höflich bedankte, hielt man ihn nicht mit Gewalt zurück, sondern gestattete ihm ebenso höflich, weiterzufahren und ungehindert seine Schellen läuten zu lassen. Hatte dagegen der Reisende Zeit und erklärte er sich damit einverstanden, zum Pan zu fahren, so begleitete man ihn nach Farbowanaja oder nach Ssosnowka, je nachdem, in welchem der beiden Dörfer der Pan Wischnewskij zur Zeit lebte.

Stepan Iwanowitsch empfing alle diese Gäste freundlich, fragte nicht nach Rang und Amt und bewirtete sie nach damaligem Brauch üppig und reichlich – manchmal allzu reichlich, so daß manchem seine Gastfreundschaft schlecht bekam. Doch es gab weder beim Essen noch beim Trinken irgendeinen Zwang, es wurde nur alles im Übermaß aufgetragen, und wenn sich einer dadurch zur Unmäßigkeit verleiten ließ, so hatte es sich der unvorsichtige Gast selbst zuzuschreiben, wenn er für seine Völlerei büßen mußte.

Vielen Gästen, die Not zu leiden schienen, gab Stepan Iwanowitsch beträchtliche Unterstützungen, Offizieren aber pflegte er stets etwas

Wertvolles zum Andenken zu schenken. Gegen Beamte jedoch, besonders aber gegen die Polizei, zeigte sich Stepan Iwanowitsch als roher Tyrann, und die Forderungen, die er an diese unglücklichen Menschen stellte, waren derartig hart und erniedrigend, daß es schwer verständlich ist, wie sie sich ihnen unterwerfen konnten und keine Mittel fanden, sich vor dem Sonderling von Farbowanaja zu schützen.

Wenn der Kreischef oder der Revieraufseher an die Grenze der Wischnewskijschen Herrschaft kamen, mußten sie den Wagen halten lassen und die Schellen festbinden, damit sie nicht läuteten. Andernfalls mußten die Bauern sie anhalten, ihnen das Geläute wegnehmen und sie unverzüglich zum Pan selbst in das Herrenhaus führen. Widersprach der Polizeibeamte, so drohte ihm eine doppelte Gefahr; nämlich von den Bauern geprügelt zu werden, die das *auf den Kopf des Herrn* tun durften, das heißt auf Verantwortung des Gutsbesitzers selbst; und vor den Pan geführt zu werden, bei dem jeden Polizeibeamten ein ungeheuer erniedrigendes, aber mit unabänderlicher Strenge eingehaltenes Zeremoniell erwartete.

Ob der Polizeibeamte gefügig oder widerspenstig war, ehrlich oder anspruchsvoll, bei Pan Wischnewskij standen sie alle *auf ein und demselben Blatt*. An ihre Ehrenhaftigkeit glaubte er übrigens nicht im mindesten, und es scheint, daß er sich darin nicht allzusehr irrte. Er hatte den Grundsatz aufgestellt, daß kein Beamter die Schwelle seines Hauses überschreiten durfte, gleichgültig in welcher Angelegenheit oder unter welchem Vorwand. Hatten der Kreischef oder der Polizeikommissar dienstlich mit ihm zu tun, oder mußten sie mit einem Anliegen oder einer Bitte bei ihm erscheinen, so wußten sie genau, daß sie durch seine Besitzungen ohne Geläute und möglichst leise fahren und vor dem Tor haltmachen mußten; auf keinen Fall durften sie es wagen, in den Hof einzufahren. Auf dem Gut und auf dem Hof mußten sie zu Fuß gehen, am Tor die Mütze abnehmen und an den Fenstern des Hauses stets mit entblößtem Haupt vorübergehen.

Andernfalls, beim geringsten Verstoß gegen diese Regel, packte die darauf dressierte Hausdienerschaft den Betreffenden bei den Armen, stieß ihn vor das Tor und *versetzte ihm mehrere kräftige Nackenstöße*. Da dieses Verfahren genau und streng eingehalten wurde, wagte niemand, auch nur an Ungehorsam oder Widerstand zu denken. Damit war aber die Erniedrigung noch nicht zu Ende. Der Beamte durfte nur bis zur Freitreppe, unter der in einem Verlies die großen Madelanschen Hunde hausten. Dort mußte er stehenbleiben und warten, bis Stepan Iwanowitsch seinen *Kammerkosaken* oder seinen Lakai zu ihm herausschickte. Den Lakai mußte der Beamte *als seinesgleichen begrüßen*, das heißt ihm die Hand geben, und erst dann durfte er ihm den Zweck seines Besuches beim Pan auseinandersetzen.

Fand Wischnewskij, daß die Angelegenheit, in der der Beamte gekommen war, keine Beachtung verdiene, so befahl er, ihn davonzujagen. War es dagegen eine adelige Angelegenheit oder eine Mitteilung aus den höheren Sphären, so zog Stepan Iwanowitsch seine Pekesche an, setzte die Mütze auf, kam selbst auf die Freitreppe hinaus und hörte den Beamten an. Während der ganzen Zeit stand er seitwärts zu ihm und schaute ihn kein einzigesmal an.

Hierauf ging Wischnewskij schweigend ins Haus, und der Lakai brachte dem Beamten auf einem Teller ein Glas Schnaps und einen Fünfzigerschein. Der Beamte mußte zuerst den Schnaps austrinken, dann durfte er die fünfzig Rubel *für den Imbiß nehmen*. Für Beamte gab es im Hause Wischnewskijs keine Gastfreundschaft. Hatte der Beamte wider Erwarten eine hohe Meinung von sich und weigerte sich, das ihm auf die Treppe hinausgebrachte Glas Schnaps zu trinken, so erhielt er auch das Geld für den Imbiß nicht. Der Lakai mußte ihn in diesem Fall hinunterstoßen, ihm den Schnaps in den Rücken gießen, die fünfzig Rubel selbst einstecken und an einer Leine ziehen, die zu dem eisernen Fallgatter führte, hinter dem die Madelanschen Hunde unter der Treppe saßen.

Da die Beamten dies alles wußten, wagten sie niemals, auch nur den kleinsten Widerstand gegen die Einrichtungen Stepan Iwanowitschs zu zeigen; sie waren sogar erfreut, wenn sie eine Angelegenheit zur Freitreppe des Pans von Farbowanaja führte.

Wenn sich das alles wirklich so verhielt, wie es die Überlieferungen erzählen, so besaßen die fünfzig Rubel für den Imbiß wahrscheinlich einen hohen Wert.

4.

In Bezug auf Moral und Keuschheit war Stepan Iwanowitsch ein sehr unzeremonieller und überdies naiver Mensch. Übrigens waren seine Erlebnisse dieser Art einander meist sehr ähnlich, doch schildert die heroische Epopöe die außerordentlich originelle Rolle, die seine Frau, Stepanida Wassiljewna, geborene Schubinskaja, dabei spielte. Anscheinend kann man auch sie mit vollem Recht als psychopathisch bezeichnen, wenn auch in einem anderen Sinn.

Sie war, wie bereits erwähnt, eine Twersche Adelige, eine gebildete Frau aus sehr guter Familie. Sie liebte ihren Gemahl und lebte mit ihm stets im besten Einvernehmen. Aus ihrer Ehe mit Stepan Iwanowitsch hatte sie zwei Töchter. Die Geburt der zweiten Tochter verlief so unglücklich, daß Stepanida Wassiljewna für ihr ganzes Leben *einen Schaden* davontrug. Stepan Iwanowitsch begann sich von ihr fernzuhalten: Wenn sie in Farbowanaja lebte, fuhr er nach Ssosnowka, war sie in Ssosnowka, so fuhr er nach Farbowanaja. Als Stepanida Wassiljewna dies sah und weil sie, wie sie sagte, ihren Mann liebte, begann sie Sorge dafür zu tragen, daß *er sich von ihr nicht fernhalte* und daß *ihm das Leben bei ihr nicht langweilig werde*. Zu diesem Zweck hielt sie an Abenden Spinnstunden ab, zu denen die Mädchen nur ungern und unter Tränen kamen, aber Stepanida Wassiljewna behandelte sie freundlich, bewirtete sie so lange, bis sie zutraulich wurden und nicht mehr weinten. Dann schrieb sie ihrem Gemahl und lud ihn ein zu kommen, *um sich an den Mädchen zu erfreuen*. Und er antwortete ihr: »Ich danke dir sehr und weiß deine Sorge für mich zu schätzen, im übrigen habe ich bei der Auswahl zu deinem Geschmack mehr Vertrauen als zu meinem eigenen.«

Eine solche Antwort ihres Mannes freute Stepanida Wassiljewna nicht nur, sondern rührte sie. Ihre Gefühle für Stepan Iwanowitsch brannten mit doppelter Glut, und sie schrieb ihm unverzüglich in aller Eile zurück: »Für dein Vertrauen, mein teuerster Freund, danke ich dir vielmals, und ich hoffe, daß die Wahl meines Geschmacks, auf den du so vertraust, deinem Herzen gefallen wird. Nur bitte ich dich, Engel meiner Seele, komm so bald wie möglich zu mir, denn mein Herz sehnt sich nach dir, und du wirst sehen, daß ich über nichts gekränkt bin, sondern deinen Geschmack verstehe. Unsere Kinder sind beide gesund, grüßen dich und küssen deine Hände.« Unterschrift: »Deine treue Frau und Dienerin Stepanida.«

Wenn Stepan Iwanowitsch eine solche Nachricht erhielt, gab er sein Einzelleben auf und fuhr zu seiner Gemahlin, die damit ihren Zweck erreicht hatte, daß er *in ein und demselben Hause mit ihr lebe, ohne sich zu langweilen*.

Sie verhätschelte nicht nur die Favoritinnen, die sie für ihren Mann auswählte, sondern pflegte und versorgte auch seine Kinder, die sich bei der patriarchalischen Ordnung dieses Herrenlebens in Farbowanaja rasch vermehrten.

Wischnewskij war bei weitem nicht so gutherzig und aufrichtig wie seine Frau: Wenn sich sein verderbtes Herz bei der Person, die die Obliegenheit hatte, ihm *das Leben kurzweilig zu machen*, zu langweilen begann, so schickte sich Wischnewskij an, wieder allein im anderen Dorf zu leben.

Stepanida Wassiljewna verstand dies sogleich und hinderte ihren Mann nicht daran, da für sie der Friede und das eheliche Einvernehmen, nach dem Vermächtnis der Vorfahren, am höchsten in der Welt standen; einige Zeit später traf sie wieder Vorbereitungen und schrieb ihm einen vorsichtigen und zärtlichen Brief, in dem sie sagte: »Deine List und deine Unaufrichtigkeit mir gegenüber in wichtigen Angelegenheiten kränken und quälen mich sehr, mein Freund, da ich sie durch nichts verdient habe. Gott sieht meine Wahrhaftigkeit, und daß ich dich über alles in der Welt liebe. Durch die Trennung von dir welkt mein Herz dahin wie Gras, und meine heißen Tränen versiegen nicht. Die Person, die dich durch ihre Reizlosigkeit ermüdet und gelangweilt hat, habe ich durch meine Bemühungen ohne viel Aufhebens versorgt; alle sind jetzt mit ihrer Lage vollkommen zufrieden und bedanken sich. Wenn du bald zu mir kommst, kannst du dich an einer sehr liebenswürdigen Person ergötzen. Unsere Kinder sind durch Gottes Gnade wohlbehalten und gesund und beten für ihren Vater.« Und wieder dieselbe Unterschrift: »Deine Frau und Dienerin.«

Wischnewskijs Antwort waren Grüße an seine Frau und die Versicherung seines vollen Vertrauens zu ihrem Geschmack, und bald darauf kehrte Stepan Iwanowitsch in den Schoß seiner Familie zurück. Man erwartete ihn natürlich und begrüßte ihn mit Zymbeln und Gesang, Zurufen und Schmeicheleien und allem, was notwendig war, um ihn so zufrieden zu stellen, wie er es sich selbst wünschte und seine zärtliche, überzärtliche Frau es einrichten konnte, die das Unglück gehabt hatte, aus einer lebhaften und reizenden Frau *auf Lebenszeit ein unbrauchbarer Mensch* zu werden.

5.

Nach dem beschriebenen Zwischenfall besserte sich Stepan Iwanowitsch in bezug auf seine Verschlossenheit und sein Mißtrauen und nahm nie mehr Zuflucht zum Separatleben.

Stepanida Wassiljewna sorgte für ihn, wie sich die Bauern ausdrückten, *wie eine Mutter für ihr Kind.*

Die unwahrscheinliche, primitive Einfachheit dieser Beziehungen, die an die biblische Erzählung von Sarah und Hagar erinnert, wird noch unwahrscheinlicher, wenn man den Einzelheiten Glauben schenken will, die die Bauern über das Leben dieser Ehegatten erzählen.

Stepan Iwanowitsch war ein reiner Türke. Seine mannigfaltigen Verbindungen umfaßten alle Arten von Liebe, von einer flüchtigen Verirrung bis zur Anhänglichkeit eines Sultans an seine Odaliske oder an seine erste Sultanin. Die vorübergehenden Beziehungen kommen natürlich nicht in Betracht, die Stellung der ersten Sultanin nahm selbstverständlich seine gesetzliche Frau ein, die er vielleicht auf seine Weise liebte und auf jeden Fall, wie er versicherte, *hochschätzte.*

»Wenn jemand etwas wider mich unternimmt«, pflegte er zu sagen, »so kann ich es vielleicht noch verzeihen, aber wenn es jemandem einfällt, Stepanida Wassiljewna zu beleidigen, so werde ich ihn zu erreichen wissen, wer es auch sei, und selbst Zar Iwan der Grausame hat keine derartigen Marter ersonnen wie die, mit denen ich den Beleidiger meiner Frau strafen werde.«

Alle wußten das und wußten zudem, daß Stepan Iwanowitsch nicht scherzte, sondern alles, was er sagte, auch machte, und so kam es niemandem in den Sinn, Stepanida Wassiljewna gegenüber auch nur das geringste Anzeichen von Unehrerbietigkeit oder Ungehorsam zu äußern. Nicht alle dagegen verstanden diese eifrige Sorge Wischnewskijs für seine Frau, und während die einen sie seiner übergroßen Zärtlichkeit zuschrieben, sahen andere darin Verschlagenheit, wie sie ja dem kleinrussischen Charakter Wischnewskijs in der Tat in beträchtlichem Maße eigen war. Sie nahmen an, er wolle allen vor seiner Frau *Furcht einjagen,* damit er sich weiterhin, dank ihrer Bemühungen, an seinen leibeigenen Odalisken ergötzen könne, da er jeden Ungehorsam ihr gegenüber so bestrafen würde, daß Zar Iwan der Grausame in seinem Grab erzitterte.

Übrigens mag es sein, wie es will, Bestimmtes ist darüber nicht zu sagen; dagegen wird mit Bestimmtheit erzählt, daß Stepan Iwanowitsch, der in seinen sonstigen flüchtigen Romanen verderbt und rücksichtslos bis zur Grausamkeit war, es liebte, in seine Beziehungen zu den Odalisken, die ihm seine erste Sultanin nach ihrem Geschmack auswählte, eine eigenartige Poesie zu tragen. Das entsprach ganz seiner Natur, in der sich in solchen Fällen etwas Zartes und Gefühlvolles äußerte. Ähnlich wie Don Juan darf er sich rühmen, daß er diese jungen Wesen nie durch Rauheit kränkte, sie auch nie *mit kalter Leidenschaftslosigkeit* verführte. Nein, er kam immer mit zarter Aufmerksamkeit in das Haus seiner Frau, die für ihn liebevoll eine neue Freude bereithielt, und die beiden Gatten pflegten die Erwählte, *wie man ums Morgenrot einen Falken steigen läßt*. Sie liebkosten, schmückten und hätschelten sie, das Mädchen wohnte in den Gemächern Stepanida Wassiljewnas, war bunt gekleidet, mit Süßigkeiten übersättigt und versank in Genüssen, so daß sie selbst nicht merkte, wie sie von einer Rolle in die andere überging und lange Zeit nicht wußte, was mit ihr geschah und womit das enden würde. Alle diese Odalisken hatten das Kindesalter noch kaum überschritten, in dem der Kopf noch arm an Erfahrungen ist, die Vorstellungen über die Zukunft noch unentwickelt sind und nur das lusterfüllte Leben des Augenblicks lockt. So gaben sich viele aufrichtig mit Herz und Seele ihrem Gebieter hin oder empfanden ihre Rolle wenigstens nicht als Last; Stepanida Wassiljewna aber liebten sie wie eine Mutter. Und in der Tat, sie verhätschelte sie wie eine Mutter und ermunterte sie wie eine ältere Haremsgenossin, die sich über das Glück freut, das die jungen Odalisken ihrem geliebten Padischah bereiten. Frau, Mann und die diensthabende Favoritin trennten sich im Hause fast nie und verbrachten die meiste Zeit zu dritt. Einige seiner Odalisken aber liebte Stepan Iwanowitsch so sehr, daß er sich keinen Augenblick von ihnen trennen konnte. Wischnewskij war dann zu seiner Geliebten nicht nur gefühlvoll, sondern liebevoll wie ein feuriger Jüngling, und wenn er das Haus unbedingt verlassen mußte, so nahm er sie in der Verkleidung eines Pagen oder Jägers, dem die Obhut seiner kostbaren Bernsteinpfeifen und seiner Tabaksbeutel anvertraut war, mit. Da Stepan Iwanowitsch stets, selbst nachts, rauchte, war ihm ein solcher *Pfeifenjunge* unentbehrlich, und er hatte immer einen bei sich.

Man schloß daraus, daß Stepan Iwanowitsch hier bis zu einem gewissen Grad von Eifersucht geleitet wurde, doch entbehrt diese Annahme jeder Grundlage, da er ja nichts riskierte, wenn er das Mädchen unter der Obhut Stepanida Wassiljewnas zurückließ. Man muß vielmehr annehmen, er habe, wie es diejenigen behaupten, die diesen kleinrussischen Psychopathen genauer kannten, seine Favoritinnen so leidenschaftlich geliebt, daß er sich von ihnen so lange nicht trennen konnte, bis seine Leidenschaft ihren gewöhnlichen Lauf genommen hatte und abgeflaut war.

Die Anhänglichkeit Stepan Iwanowitschs an die betreffende Odaliske war um so stärker, je größere Zärtlichkeit und Sorge sie in seiner Frau weckte. War Wischnewskijs Leidenschaft verflogen und fuhr er *hinter den Ssupoi*, so nahm Stepanida Wassiljewna die Sorge auf sich, die alte *Ergötzung* unterzubringen und eine neue vorzubereiten, die den Pan von Farbowanaja wieder vom anderen Ufer zurücklocken sollte.

Tragisch waren diese Trennungen nie. Dank der Taktik, der Güte und der Freigebigkeit Stepanida Wassiljewnas wurden alle diese Angelegenheiten friedlich und im Guten und zur allgemeinen Zufriedenheit sämtlicher Verwandten des Mädchens beigelegt. Eine einzige Ausnahme bildete der Fall eines fünfzehnjährigen Bauernmädchens, das das Herz Wischnewskijs besonders stark gefesselt und ihm einen Sohn und eine schmerzliche Spur in seinen Erinnerungen hinterlassen hatte.

6.

Die lokalen Überlieferungen berichten sogar den Namen des *wie ein Märchen* schönen, schwarzäugigen Mädchens, das zu dem Pan in ziemlich späten Jahren seines Lebens in Beziehungen trat. Es hieß Gapka Petrunenko. Sie war so schön, daß es *den Augen wohltat, sie zu schauen*, und hatte, wie die Geschichte erzählt, ein sanftes Herz und eine empfängliche Seele. Wischnewskij konnte ihre schlanke Taille mit seinen Fingern umspannen, und er liebte sie wie keine andere, die vor oder nach ihr seine Gunst genoß. Er kleidete sie in rosa Atlas und in Jacken aus kostbaren türkischen Schals, er trug sie auf den Händen und küßte ihre Füße.

Stepanida Wassiljewna, die diese heiße Liebe ihres Mannes zu dem Mädchen sah, widmete sich ihr in einem solchen Maße, daß sie sich selbst und ihre beiden Töchter zu vergessen schien, von denen die jüngere schon zwölf Jahre zählte. Am Morgen flocht Stepanida Wassiljewna selbst Gapkas schwarze Flechten, abends löste sie sie ihr und ließ ihre dichten Locken von aromatischem Rauch durchziehen. Sie gestattete keiner niedrigen Hand, ihren Körper zu berühren, und benetzte selbst mit rosenduftendem Wasser ihre Füße, auf die Stepan Iwanowitsch in leidenschaftlicher Selbstvergessenheit seine Lippen drückte. Mit einem Wort, dieses prächtige Mädchen war die Favoritin der Favoritinnen, und ihr Aufenthalt im Hause Wischnewskijs unterschied sich weit von dem aller anderen. Selbst wenn Stepan Iwanowitsch mit den Hunden auf die Jagd ritt, nahm er Gapka mit und begnügte sich nicht damit, daß sie als Tscherkessin gekleidet im ruhigen Jagdwagen mitfuhr, sondern nahm sie aus dem Wagen und setzte sie vor sich in den Sattel. Wenn das Mädchen von dieser unbequemen und anstrengenden Reise müde wurde und der Schlaf ihr Köpfchen neigte, überließ sie Wischnewskij keiner fremden Hand, sondern brach die Jagd ab und brachte Gapka vorsichtig mit eigenen Händen nach Hause. Und Gott mochte dem von seinem Gefolge gnädig sein, der durch ein Geräusch den kindlichen Schlaf der Geliebten des Pan störte! Dem Schuldigen waren die feuchte Grube und Peitschenhiebe sicher.

Ebenso sorgsam übergab Wischnewskij an der Freitreppe das Kind den Händen der Wartenden und begleitete sie dann selbst, wenn man Gapka in aller Stille in die Gemächer Stepanida Wassiljewnas trug.

Dort entkleidete man sie und legte sie auf die Atlaskissen des breiten türkischen Diwans, auf dessen Rand sich die Gatten setzten und ihren Tee tranken. Während der ganzen Zeit sprachen sie kein Wort, sondern ergötzten sich damit, das schlafende Mädchen anzuschauen. Wurde es Zeit, zur Ruhe zu gehen, so stand Stepanida Wassiljewna auf und ging mit leichtem Schritt über den Teppich in das anstoßende Zimmer, wo ihr Schlafgemach war. In dankbarem Schweigen küßte Stepan Iwanowitsch seiner Frau oftmals die Hand und flüsterte ihr zu: »Du bist mein Schutzengel – ich bete dich an!«

Stepanida Wassiljewna fühlte und teilte das Glück ihres Mannes mit einer unglaublichen, vielleicht nur ihr eigenen Hingabe.

Sie ging in ihr Schlafzimmer, betete dort lange vor dem Heiligenbild und ging dann wieder mit unhörbaren Schritten in das anstoßende Gemach, wo die schlafende rosige Gapka mit ihren jungen kräftigen

Händen die Kissen umfing, während die athletische Gestalt Wischnewskijs zu Füßen des schlummernden Mädchens auf dem Teppich lag, den Kopf gegen den Diwan gelehnt.

Stepanida Wassiljewna schlug über die beiden das Kreuz, kehrte in ihr Witwenbett zurück, und ihr Schlaf war ruhig, friedlich und erquickend. In diesem ganzen seltsamen, scheinbar widersinnigen Gemenge von Gefühlen und Beziehungen erblickte sie nichts für sich Erniedrigendes, nicht einmal etwas Unpassendes; im Gegenteil, es schien ihr, als ob es gar nicht besser gehen könnte.

Die grenzenlose Liebe dieser Frau zu ihrem Mann und das große Unglück, das ihr Gesundheitszustand für sie bedeutete, hatten ihre moralischen Begriffe, die niemandem klar und verständlich schienen, derart verändert. Da ich diese Erzählungen nur als Sammlung einzelner Berichte aus dem Mund Verschiedener wiedergebe, werde ich mich nicht weiter bemühen, die Persönlichkeit Stepanida Wassiljewnas zu erklären. Ich glaube aber, daß man sie heute mit dem Begriff psychopathisch bezeichnen würde. Ich gebe nur die interessante Erzählung wieder, wie ich sie selbst gehört habe, ohne an den Charakteren und Sitten der Helden dieser legendären Berichte eigene Kritik üben.

Ich glaube, daß es sich hier in erster Linie nicht um Kritik handelt, zumal alle handelnden Personen schon ins Reich der Schatten gewandert sind, sondern darum, der Nachkommenschaft die Erinnerung an die erstaunliche Unmittelbarkeit ihrer Charaktere und an ihr originelles, launenhaftes Leben zu bewahren.

Wohlbekannt sind uns die stürmischen Naturen unserer großrussischen Adligen, deren Leben nach dem Ausspruch eines Dichters *unter Festen, sinnlosem Prahlen, kleinlichen Lastern und kleinlicher Tyrannei verlief, und bei denen der Chor der unterdrückten, zitternden Menschen das Leben der Hunde und Pferd beneidete.* Wir wissen, wie unsere *alten Weinschläuche* unter dem Gären des jungen in sie gegossenen Weines zitterten. Die gesunde realistische Richtung unserer großrussischen Literatur, die uns vielleicht den Vorwurf des übertriebenen Realismus eintragen wird, zeigt uns das wahre Gesicht unseres großrussischen Lebens. Die kleinrussischen Schriftsteller aber folgen dieser Richtung nicht. Das Leben des kleinrussischen Herrentums ist uns entweder durch die Romantik oder durch die primitive Volkstümlichkeit der kleinrussischen Schriftsteller verschleiert. Wird es einmal geschildert, so meist in schwülstigen Formen, die an die endlose polnische Historie vom *Pan Kochanko* erinnern. Aber das kleinrussische Herrenleben hat seine Originalität, die des Studiums wert ist und zugleich ein ziemlich helles Licht auf die Eigenheiten der kleinrussischen Charaktere wirft, die, nach der Bemerkung Schewtschenkos, der Welt *die gemeinen Enkel berühmter Großväter* liefern.

Es ist nutzlos, sich mit den Vertretern jener mittleren Generationen zu befassen, die wie eine Schicht zwischen den *Großvätern und den Enkeln* liegt; zwischen denen, die der nationale Poet als *große* rühmte, und jenen, die er zu den *gemeinen* rechnete. Vor uns stehen Gestalten, die an der Scheide jener beiden Strömungen stehen, deren eine das kleinrussische Land zu nie vermuteter Höhe getragen hatte, während es die andere zu nie wieder gutzumachender *Gemeinheit* führte.

Alles auf der Welt ist *begründet, folgerichtig und bedingt,* und so können die Glieder einer Kette nur ihre Form ändern, aber nichtsdestoweniger faßt ein Glied das andere, und jedes ist unabänderlich mit dem anderen verbunden.

Indem ich in diesen Aufzeichnungen alles vereine, was ich über Wischnewskij und seine Sippe gehört habe, glaube ich damit der Literatur ein vergessenes Kettenglied zu erhalten, das bisher nur in einzelnen Überlieferungen bewahrt wurde. Möglicherweise sind sie nicht alle zuverlässig, aber selbst in diesem Fall sind sie als Schöpfung des Volkes interessant, weil sie bezeichnend sind für das, was die Phantasie der Menschen in Erstaunen versetzte und begeisterte, oder was ihnen gefiel.

Ich fahre in meiner Erzählung über Wischnewskij fort.

Einige Zeilen weiter oben verließen wir den mächtigen Pan von Farbowanaja, wie er auf dem Teppich zu Füßen seiner ländlichen Nymphe schlief. Lassen wir ihn noch in dieser Stellung, wie sie schöner und poetischer in seinem willkürlichen und zügellosen Leben kaum je vorkam. Mögen sie süß weiterschlafen bis zur Morgenröte des Tages, der ihr Glück und ihre Ruhe trüben und in den Becher der Liebesfreuden des Pan den Tropfen des bitteren Schierlings träufeln wird.

Wir werden später auf das Ereignis zu sprechen kommen, das den Höhepunkt der Leidenschaften und der moralischen Verwirrung Wischnewskijs darstellt und nach dem seine Geliebten einander wieder in rascher Folge ablösten, ohne jene beschriebene Höhe zu erreichen; Wischnewskij aber ließ bis zu seinem Tode nicht von ihnen.

Zeichnen wir nun, so gut wir es verstehen und vermögen, die übrigen Seiten seiner Tätigkeit und seines Charakters.

7.

In keiner der Erzählungen, die ich über Wischnewskij hörte, nimmt er als Vater und Erzieher eine charakteristische Stellung ein; er wird ausschließlich als *Erzeuger* erwähnt. Im übrigen wird berichtet, daß um jene Zeit, als in Petersburg *die Institute eingeführt wurden* und der eingesessene Adel auf Wunsch der Kaiserin die Aufforderung erhielt, seine Töchter zur Erziehung dorthin zu bringen, Wischnewskij nach Petersburg reiste und seine Töchter persönlich hinbrachte. Jedoch wird dieser Umstand nicht erwähnt, um die väterliche Fürsorge Wischnewskijs zu bezeugen, sondern weil diese Reise mit einem anderen interessanten Ereignis in Verbindung steht, von dem später berichtet werden wird. Auch als Gutsbesitzer, in seiner Eigenschaft als Herr, Richter und Züchtiger der ihm untergebenen Leibeigenen bewies Wischnewskij keine besondere Originalität, sondern führte die Herrschaft, *wie sie von alter Zeit her geführt wurde*. Alles wurde durch Leibeigene und gemietete rechtgläubige oder polnische Aufseher verrichtet. Wischnewskij hatte einige Polen in seinem Dienst, gegen die er keinerlei Feindschaft hegte, über die er sich aber gerne lustig machte. Auch einige Juden waren da, die der Psychopath auf verschiedene Weise zu erschrecken pflegte. Mehr als einen von ihnen hatte er zu Tode erschreckt, aber sie kamen immer wieder zu ihm, da Wischnewskij manchmal freigebig war und ihnen manchen Verdienst zukommen ließ. Im übrigen benützte er die Juden als Kommissionäre. Aber Gott sei dem gnädig, der ihn betrog! Er ließ ihn mit Ruten und Peitschen schlagen und quälte ihn fast noch mehr durch Furcht.

Wischnewskij war auch Patriot, was sich à la longue in seiner Vorliebe für den kleinrussischen Kaftan und die kleinrussische Sprache äußerte, und obendrein – in seiner Verachtung für die Ausländer. Besonders wenig schätzte er die Deutschen, die er aus zwei Gründen nicht leiden konnte: erstens, weil sie *stockbeinig* sind, und zweitens, weil ihm ihr Glaube nicht gefiel – *sie verehren die Heiligen nicht*. Stepan Iwanowitsch nahm von sich an, daß er die *Heiligen verehre*. Er war in Glaubenssachen vollkommen unwissend und kritiklos und ließ sich auch nicht auf religionsphilosophische Fragen ein, da er fand, daß das eine *Sache der Popen* sei; er *beschützte und verteidigte nur als Ritter seinen Glauben vor allen Andersgläubigen.* Er sah in diesem Punkte mit den Augen des einfachen Volkes, das nur die Rechtgläubigen zu den Christen zählt, alle übrigen *andersbetenden* Christen für Ungläubige, die Juden aber und *das ganze sonstige Pack* als unrein ansieht. Aber auch der Ausländer, ja sogar der Deutsche, konnte an den Tisch Stepan Iwanowitschs gelangen, und einer – gerade ein Deutscher – lebte sogar in seinem Hause und genoß sein Vertrauen; doch bevor sich der *Ungläubige* ihm nähern durfte, suchte sich das religiöse Gewissen Wischnewskijs Genugtuung und Frieden mit sich selbst zu verschaffen. Stepan Iwanowitsch, der nach seinem eigenen Geständnis *keinen Katechismus gelernt hatte*, hatte für den Empfang von Andersgläubigen eine sehr konkret formulierte Frageordnung aufgestellt.

Stepan Iwanowitsch fragte den Lutheraner oder Katholiken: »Nun, wenn du auch anders glaubst und betest als wir, den heiligen Wundertäter Nikola achtest du doch gewiß?«

Der so geprüfte Andersgläubige wußte aus zuverlässigen Quellen, was mit ihm geschehen würde, wenn er es wagen wollte zu sagen, daß er den Wundertäter nicht verehre, zu dem der Pan von Farbowanaja so sehr hielt. Er hätte sogleich erfahren, wie kräftig die Stühle sind, auf die Stepan Iwanowitsch seine Gäste setzte, und wie biegsam die Weiden, die ihre Zweige in das Wasser des Ssupoi tauchen. Aber da jeder Andersgläubige, der das Glück hatte, Wischnewskij so weit für sich einzunehmen, daß er schon mit ihm über den Glauben sprach, das genau wußte, so antwortete er ihm, wie es die Empfangsordnung verlangte.

»O ja«, erwiderte der also befragte *Andersbetende*, »wie sollte ich den Nikola nicht achten, wo ihn doch die ganze Welt verehrt!«

»Nun, ›die ganze Welt‹, Bruder, da hast du doch etwas zuviel gesagt«, versetzte Stepan Iwanowitsch, »du mußt wissen, daß der heilige Nikola von Geburt Moskowite ist, du sollst aber unseren ›russischen‹ Jurka verehren.«

Das Wort *russisch* im Sinne des klein- oder südrussischen, wurde damals scharf dem *moskowitischen*, großrussischen entgegengesetzt. Moskowitisch und russisch waren zwei getrennte Begriffe, im Himmel und auf Erden. Die irdischen Unterschiede waren jedem sichtbar, die himmlischen dagegen wurden durch den Glauben erkannt. Dem

Glauben nach obliegen aber die großrussischen Angelegenheiten der Sorge des wundertätigen Nikolai, des Patrons Rußlands, die südrussischen aber finden Schutz und Hilfe in der Fürsorge des den Kleinrussen besonders geneigten heiligen Jurij, oder wie man ihn heute nennt, des heiligen Georg.

Jeder Andersgläubige, der die Prüfung über den heiligen Nikolai bestanden hatte, versicherte nun Wischnewskij noch bestimmter, daß er auch den heiligen Jurij verehre, *noch mehr als den Nikola.*

Das gefiel Stepan Iwanowitsch. Damit war die Katechisierung des Gastes beendet, und dem nun Aufgenommenen wurde der Glaubensunterschied nie mehr vorgeworfen. Ja, wenn jemand zufällig diesen Unterschied erwähnte, so unterbrach ihn Stepan Iwanowitsch und sagte: »Es ist kein Unterschied da, er verehrt den Nikola, aber noch mehr den heiligen Jurka.«

8.

Also genossen die Andersgläubigen, die sich gebessert hatten, das Vertrauen des Psychopathen, und ein Deutscher verwaltete sogar, beinahe ohne Rechenschaft abzulegen, eines seiner Güter und genoß eine so ausgedehnte Macht, daß er fast alles tun durfte, was Wischnewskij tat.

Nur in bezug auf die Frauen erlaubte ihm Stepan Iwanowitsch nicht, sein Begehren auf den Gesindehof auszudehnen, damit niemand sähe, wie sich eine Frau des wahren, griechischen Glaubens *mit einem Deutschen einlasse.* Aus diesem Grund dachte er für ihn einen Schimpf aus, der den Mächtigen selbst in den Augen eines Kindes erniedrigen mußte. Der Deutsche war verpflichtet, im Sommer leichte Kleidung und im Winter einen wattierten Schlafrock und Pantoffeln anzulegen, eine Laterne in die Hand zu nehmen und so in der Begleitung eines Aufsehers, der *für sein Leben verantwortlich war,* ins Dorf zu gehen. Dem Deutschen war dieses Verbot auferlegt, damit von ihm *keine Vermehrung des Deutschen käme, sondern alles zu Gunsten des Russischen ginge.*

In den Einzelheiten schienen es zwar nur teilweise Beschränkungen zu sein, aber im Zusammenhang hatten sie zur Folge, daß der Deutsche sich bei Stepan Iwanowitsch beklagte: »Keine Möglichkeit.«

»Aber warum denn?«
»Alle laufen davon.«

Das bedeutete, daß alle davonliefen und sich versteckten, sobald der Deutsche in seinem langen Schlafrock, mit seiner Laterne und in Begleitung *des für sein Leben Verantwortlichen* seinen nächtlichen Gang antrat.

Stepan Iwanowitsch tat, als ob er das bedaure, ließ aber keine Änderung an der von ihm eingeführten Ordnung zu.

»Ohne Laterne und ohne Begleiter werden sie dich packen und verprügeln, und ich habe dann niemanden, der mir für dich verantwortlich ist«, sagte er, als sei er aufrichtig von der Notwendigkeit seiner Einführung überzeugt; aber Leute, die ihn näher kannten, bemerkten, daß seine *eine Schnurrbartspitze lachte*, wenn er mit dem Deutschen über die Angelegenheit sprach.

Als wirklicher Psychopath vereinigte er in sich viel Sinnloses mit Schlauem so innig vermischt, daß man unmöglich ergründen konnte, was Ernst und was Scherz war.

Der Spaß mit dem Deutschen endete damit, daß er so lange mit seiner Laterne wie ein leuchtendes Johanniswürmchen im Gras einherging, bis ihm einmal im Schuppen einer Bauernhütte die Rippen eingedrückt wurden und der für sein Leben verantwortliche Begleiter ihn nach Hause trug, wo er seine deutsche Seele unverzüglich Gott empfahl, die Seele, die hier in Verehrung der Heiligen Nikolai und Georgij gelebt hatte.

Ungeachtet der freiwilligen Unterwerfung dieses Deutschen unter die genannten Heiligen, hielt es Stepan Iwanowitsch doch für unpassend, ihn innerhalb des Friedhofes zu beerdigen, *neben den Vorfahren wahren östlichen Glaubens*; er ordnete an, ihn außerhalb der Umfriedung zu begraben und auch kein Kreuz aufs Grab zu setzen, sondern einen großen Stein darauf zu legen, damit die Müden sich setzen und ausruhen können.

In allen Fällen hatte er einen eigenen, in seiner Art sehr originellen Ton, der von seinem Humor als auch vom Respekt vor dem heimatlichen Glauben zeugte, der sich weniger auf dem Katechismus als auf den Heiligen Nikola und Jurka gründete. Aber Gott allein weiß, ob sich wirklich alles so verhielt, wie er vorgab, oder ob ihn etwas anderes leitete.

Um die Religiosität Wischnewskijs vollkommen zu kennzeichnen, muß man hinzufügen, daß er es durchaus nicht jedem gestattete, den Heiligen Nikolai und Jurij anzurufen und zu verehren, sondern nur den Christen anderer Bekenntnisse. Diese befreiten sich durch den Respekt vor diesen Heiligen aus aller Not und empfingen die Gnade Stepan Iwanowitschs. Den Juden aber erlaubte er unter keinen Umständen, ihre Zuflucht zum Schutz dieser Heiligen zu nehmen, und jeden, der auch nur eine Neigung dazu verriet, unterwarf er einer Prüfung. Einmal hatte ihn ein Jude betrogen und sollte dafür geprügelt werden.

Als man ihn vor die Freitreppe schleppte, auf der Stepan Iwanowitsch sein Urteil verkündet hatte, begann der Jude sich jämmerlich zu krümmen und schrie: »Oi, wie ich sie verehre ... ich verehre den Nikola, verehre auch den Jurko ...«

Stepan Iwanowitsch befahl den Liktoren innezuhalten und fragte den zitternden Juden: »Was schreist du da?«

»Wie ich sie verehre, wie ich verehre ...«

»Laß das Stammeln – sage ruhig, wen du verehrst!«

»Oi, alle, oi, die beiden verehre ich, den Heiligen Nikola und den Heiligen Jurko.«

»Nun, das tust du vergeblich.«

»Oi, weswegen ... oi, weshalb vergeblich ... wenn sie doch gnädig sind, vielleicht, daß sie sich meiner erbarmen.«

»Ja, sie sind gnädig, das ist ganz richtig, aber mit den Juden, Bruder, haben sie nichts zu schaffen. Ihr habt euren Moses, den ruf an, wenn man dich prügelt. Aber dafür, daß du es gewagt hast, mit deinen Judenlippen so heilige Namen auszusprechen, gebt ihm ihr Jungens, noch zehn mit der Peitsche für den Nikola, und fünfundzwanzig für den heiligen Jurko, damit er sich nicht mehr erfrecht, sie anzutasten.«

Natürlich schleppte man den unglücklichen Juden fort und verabreichte ihm zuerst getreulich, was ihm für den Betrug zukam, und dann eine Zulage von weiteren fünfunddreißig Hieben für den nach der Meinung Wischnewskijs unangebrachten Versuch, sich beim Nikolai und beim heiligen Jurij einzuschmeicheln. Da aber der Rang der beiden Heiligen nicht gleich war, gab man ihm für den Nikolai nur zehn Hiebe, für den heiligen Jurij aber fünfundzwanzig.

Dies geschah, versteht sich, nicht ohne guten Grund, sondern infolge der größeren Liebe und Verehrung des Pan für den heiligen Jurij, *weil er ein Russe und kein Moskowite ist.*

9.

Ich habe mehrmals erwähnt, daß Stepan Iwanowitsch sichtlich das bevorzugte, was nicht *von den Moskowitern* herkam, und muß jetzt den Leser aufklären, damit er nicht voreilig schließe, Wischnewskij sei Politiker gewesen, Separatist, oder, wie man es jetzt nennt, Ukrainophile. Man nahm damals das Kleinrussentum leicht, man wollte von ihm sogar nichts wissen. Hätte jemand in die Seele Wischnewskijs eindringen können, so hätte er auch bei der strengsten Prüfung nichts Politisches in ihm gefunden. Wahrscheinlich hätte er sich darin wie in einem Schuppen gefühlt, in dem zwar vermutlich alles vorhanden ist, aber niemand etwas finden kann. Wischnewskij widersprach entschieden allen Menschen, mit Ausnahme seiner ersten Frau, der hier schon ziemlich eingehend geschilderten Stepanida Wassiljewna aus dem Twerschen Adelsgeschlecht der Schubinskijs. Wenn sein Gesprächspartner Ukrainophile war und alles Kleinrussische rühmte, so begann Wischnewskij sogleich, die Fehler des kleinrussischen Charakters in den Vordergrund zu stellen und tat dies mit großem Geschick und treffenden und bissigen Vergleichen. Er lobte dann eifrig die Polen, besonders Batur und Sobieski, nannte Bogdan Chmjelnicki einen Trunkenbold und schloß den Streit mit der seiner Ansicht nach entscheidenden Formel, *Polen sei zusammengestürzt und habe uns erdrückt.* Aber äußerte sich jemand mit Bedauern über Polen, so wechselte Stepan Iwanowitsch sogleich die Front, und seine Rede bewegte sich nach großrussischen Motiven.

»Das ist wahr«, sagte er, »sie waren frei und ehrgeizig, aber weil sie alle Könige sein wollten, schmiedeten sie gegen die Könige Ränke. Und so gingen sie zugrunde und mußten zugrunde gehen, weil sie darüber vergaßen, was die Wohlfahrt des ganzen Landes erforderte und jeder die unglückliche Freiheit nach Kräften auf seine Seite zog.«

Er winkte mit der Hand ab und schloß wegwerfend: »Dreck!«

Jedoch war Wischnewskij durchaus kein Verteidiger der Staatsgewalt, sondern im Gegenteil, wie schon oben erzählt, sehr oft, ja fast bei jeder

Gelegenheit bereit, die Organe der gesetzlichen Macht herabzusetzen und zu beleidigen. Er war dabei weder Demokrat noch Nationalist in unserem jetzigen Sinn, so daß ihm sogar die bescheidene und anscheinend doch harmlose Einrichtung der Wahl der Stadthäupter lächerlich erschien; er wollte sie auch durchaus nicht *Häupter* nennen, sondern nannte sie anders. Mit einem Wort, Wischnewskij war nach dem kurzen, aber treffenden Ausdruck des einfachen Volkes *ein Pan, wie ein Auerochs aus dem Forste von Bjelowesch*, das heißt ein Herr, wie er sein muß, ganz wie ein Auerochs aus der Bjelowescher Wildnis nichts mit einem gewöhnlichen Ochsen gemein hat, sondern in allem verwegener und stärker ist. Ohne unsere heutige Bildung besessen oder politische Betrachtungen, wie sie später von Toqueville und ähnlichen Leuten geschrieben wurden, gelesen zu haben, verstand Wischnewskij die kosmopolitischen Strömungen unserer heutigen Aristokratie, die auch der heutigen Demokratie eigen sind, sehr gut, da ihr gemeinsames Stimulans das Prinzip zu sein scheint, jede nationale Sympathie auf die Seite zu schieben. Wischnewskij liebte die Polen nicht, aber wenn die Rede auf berühmte Moskowiter kam, begann er gleich spöttische Grimassen zu schneiden, wartete, bis Stepanida Wassiljewna für einen Augenblick das Zimmer verließ, und sagte: »Nun, was ist denn so Großes bei ihnen los! Ihre Großväter und Großmütter wurden noch alle mit Stöcken geschlagen.«

Von diesem Gesichtspunkt aus rühmte Wischnewskij den polnischen Adel und sogar die livländischen Barone; geriet er aber mit einem von ihnen in Streit über Rußland, so begann er sie mit allem Eifer zu bekämpfen, obwohl er sie im geheimen wegen ihres *reinen Blutes* beneidete. Aber er konnte ihren Hochmut und ihre Anmaßung nicht ertragen, die ihm widerwärtig erschienen, zumal er sich für einen einfachen, offenen Menschen hielt.

Wer kann sich wohl eine Vorstellung machen, was alles im Schädel dieses Psychopathen steckte! Stand er aber einmal zufällig vor einer außergewöhnlichen Frage oder Begebenheit, so war all der psychopathische *Unfug* verschwunden, und Stepan Iwanowitsch bewies eine geradezu erstaunliche, vielleicht sogar psychopathische Findigkeit. In schwierigen Umständen und Gefahren handelte er kühn und überlegt und befreite Menschen spielend aus Schwierigkeiten und großen Nöten, die sie zu erdrücken drohten.

Ein solcher Fall wird über die Offiziere eines Dragonerregiments berichtet, das entweder in Pirjatin im Poltawschen Gouvernement oder in Bjeschetzk im Twerschen Gouvernement gelegen hatte.

Die einen lassen diesen bemerkenswerten Vorfall im Twerschen Gebiet spielen, die anderen in Kleinrußland; was richtiger ist, läßt sich schwer entscheiden, es ist aber auch kaum der Mühe wert, sich darüber den Kopf zu zerbrechen. Der Fall liegt so, daß er sich mit der gleichen Wahrscheinlichkeit in einem beliebigen Städtchen ereignen konnte, aber den Charakteren der beiden hier erwähnten *Herrchen* nach zu urteilen, entspricht er mehr den Sitten eines kleinrussischen Kreisgerichts.

Es handelt sich übrigens nicht darum, den Ort genau zu bestimmen, sondern ein Bild der Ereignisse zu entwerfen und den Anteil zu zeigen, den unser psychopathischer Held an ihnen hatte.

10.

Die Dragoner lagen in Pirjatin – nehmen wir an, es sei dort gewesen. Teile des Regiments waren in anderen Ortschaften untergebracht. Der Regimentskommandeur hatte vielleicht in Perejaslaw Quartier genommen.

Die Offiziere langweilten sich natürlich in dem winzigen Städtchen vor Nichtstun; sie unterhielten sich, so gut sie konnten, und fuhren zu den Gutsbesitzern zu Gast. Blieb ihnen nichts anderes übrig, als einige Tage zu Hause zu sitzen, so zechten sie, spielten Karten oder tranken bei einem Weinhändler im kleinen Kellerlokal. Der Händler war ein Jude, der die Offiziere gern schröpfte und ihre Ausschweifungen unterstützte, sie aber doch fürchtete. Er hatte deshalb, um den Übermut seiner Gäste etwas zu dämpfen, in dem Raum, in dem sie zechten, ein Porträt aufgehängt, das seiner Meinung nach die Besucher seines Ausschanks an die Gesetze der Wohlanständigkeit gemahnen sollte. Vielleicht war es ganz klug gedacht, aber es führte zu einer Geschichte.

Einmal, in der langweiligsten Sommerzeit kam ein Jongleur in die Stadt und zeigte, wo man ihn aufforderte, seine einfachen Kunststücke, von denen eines ganz dem Geschmack der Herren Offiziere entsprach: Der Künstler setzte seine Tochter auf einen Stuhl, stellte ihn dicht mit dem Rücken an eine Wand, zog aus seiner Tasche einige Dolche und warf sie einen nach dem andern gegen die Wand, in der sie steckenblieben, das Gesicht des Mädchens von allen Seiten umrahmend, ohne es zu berühren.

Diese sichere und gewandte Handhabung der Waffe interessierte alle, die die Schwierigkeit dieses gewagten Kunststückes einsahen. Als die Offiziere wieder einmal im Kellerlokal, in dem sie zu trinken pflegten, zusammenkamen und ihren geriebenen Käse aßen, der wie verwitterte geschnittene Fingernägel aussah, sprachen sie über das Dolchwerfen, und als ihnen der Rausch in den Kopf stieg, kam es einem von ihnen in den Sinn, er könne es ebenso gut.

Dolche hatten sie zwar nicht, aber auf dem Tische lagen Gabeln, die die Dolche bei diesem Versuch annähernd ersetzen konnten. Wenn es auch nicht so leicht war, mit ihnen nach einem Ziel zu werfen, so blieben sie doch immerhin in der Wand stecken.

Es fehlte nur das menschliche Gesicht, das man mit den Gabeln umstecken könnte. Von den Offizieren wollte sich natürlich keiner zu diesem Versuche hergeben. Man mußte eine Person niederen Ranges finden, am besten natürlich einen Juden. Die ausgelassenen Offiziere machten also den ihnen aufwartenden Juden diesen Vorschlag, aber sie waren so feig und hingen so sehr am Leben, daß sie sich nicht nur weigerten, sondern auch ihren Handel im Stich ließen, den ganzen Laden der Gewalt der Herren Offiziere überließen, davonliefen und sich versteckten. Natürlich beobachteten sie von ihren Verstecken aus, was jeder von ihnen nehmen und was die lärmende Gesellschaft weiter treiben würde.

Nun führte ein unglücklicher Zufall zwei junge Gerichtsschreiber oder, wie man sie am Orte nannte, *Gerichtsherrchen* her, die an diesem Tag wohl einen guten *Chabar* genommen, das heißt, einen guten Schnitt gemacht hatten und sich nun im Keller bei dem kalten Donschen, nach Wermut schmeckenden Wein gütlich tun wollten.

Den Offizieren kam der Gedanke, die beiden Herrchen zu ihrem Versuch zu verwenden; so luden sie die beiden zunächst ein, zusammen mit ihnen zu trinken, und dann drangen sie in sie, es möge sich einer von ihnen zu der Produktion hergeben.

Die Herrchen zeigten sich jetzt als sehr seltsame Leute von ganz verschiedener Gemütsart: Der eine war ein Heraklit, der andere ein Demokrit. Als sie aus der Hitze in den kalten Keller gekommen waren und dort den kalten Wein getrunken hatten, stieg er ihnen zu Kopf, und als dann die Offiziere anfingen, in sie zu dringen, rührten sie sich nicht von der Stelle, anstatt bescheiden fortzugehen. Sie glaubten sich, als Eingeborene, auf gleichem Fuß mit den Herren stehend und begannen ihren wahren Charakter zu zeigen. Der eine lachte über den Vorschlag und riß über die geärgerten Offiziere kleinrussische Witze, der andere zog ein saures Gesicht, begann zu weinen und schrie in einem fort, obwohl ihn niemand anrührte: »Rührt mich nicht an! Geht doch zum Teufel! Laßt mir meine heilige Ruhe!«

Die beiden Schreiber wurden schließlich den Offizieren so lästig, daß sie mit ihnen auf ihre Art verfuhren, das heißt ihnen mehrere Maulschellen verabreichten und sie dann unter den Tisch stießen, um sie dort *wie die Ferkel* zu halten, bis ihr Gelage zu Ende wäre. Das war ungefährlich und praktisch, da die Offiziere die Herrchen unter dem Tisch mit den Füßen festhielten und Mund und Hände frei hatten; zugleich war dadurch ein Skandal vermieden, der bei dem häßlichen Charakter, den die widerspenstigen Jungen zeigten, unausbleiblich schien. Der eine hätte sicher draußen auf dem Platz oder auf der Straße so geheult, daß man es in der ganzen Stadt hörte, und der andere hätte gar auf den Zaun klettern oder ans Fenster kommen und sie von dort aus verhöhnen können.

Dann müßte man ihm nachlaufen, ihn einholen und fangen, was einen Skandal gegeben und sicher einen Haufen Weiber und Juden herbeigelockt hätte. Mit einem Wort, es wäre ganz unvereinbar mit der Offiziersehre gewesen; so saßen aber die Jungen ganz friedlich unter dem Tisch, jammerten ein wenig und umfaßten einander in ihrem engen Raum, der noch durch die Sporenstiefel der Offiziere verringert wurde.

Alles ging vortrefflich, aber da mischte sich der Teufel ein und verdarb alles. Die Offiziere wurden so betrunken, daß sie anfingen, mit den Gabeln nach dem Porträt zu werfen, weil sie meinten, sie könnten es ebenso geschickt umrahmen wie der Jongleur das Gesicht des lebendigen Menschen mit seinen Dolchen. Aber der Teufel war im Spiel: Als der erste Offizier die Gabel warf, stieß ihn der Schwarze in den Ellenbogen, und die Gabel blieb mitten in dem einen Auge des Porträts stecken. Der zweite Offizier warf, und der Teufel führte die Gabel in das andere Auge. In der betrunkenen Gesellschaft entwickelte sich jetzt der Wetteifer, die Gabeln flogen eine nach der anderen und verstümmelten das Gesicht des Porträts gänzlich.

In ihrer Trunkenheit, die schon in einen Zustand geistiger Umnachtung überging, maßen die Offiziere diesem Vorfall keine besondere Bedeutung bei. Sie hatten eben ein Bild verdorben – das war alles. Es wird nicht von Gott weiß was für einem Meister gewesen sein; kein Werk Raffaels und keine ungeheure Summen gekostet haben. Sie würden morgen den jüdischen Wirt rufen, ihn fragen, was das Bild koste, tüchtig herunterhandeln, dann bezahlen, und damit wäre die Sache erledigt; dafür war man lustig gewesen und hatte bei jedem ungeschickten Versuch, die Gabel so sicher wie der Jongleur zu werfen, viel gelacht und gescherzt.

»Nein, der Schelm hat es besser gemacht. Wir können es nicht so. Und Gott sei Dank, daß kein Mensch vor uns sitzen wollte, sonst hätten wir dem Lebendigen die Augen ausgestochen, da hätte Bezahlen nichts geholfen.«

Die wackeren Helden waren sehr froh, daß die Sache so gut mit Lachen und Scherzen geendet hatte, und begaben sich, einander stützend, in ihre Quartiere. Beim Weggehen hatten sie die Schreiber schon ganz vergessen, die still unter dem Tische saßen und keinen Laut von sich gaben.

Aber die Sache war durchaus nicht so einfach und stand durchaus nicht so gut, wie es sich diese braven Kinder dachten, als sie sich zur Ruhe begaben.

11.

Kaum hatten die Offiziere den jüdischen Laden leer zurückgelassen, als die Gerichtsherrchen unter dem Tisch hervorkrochen, ihre von der langen Kniebeuge steif gewordenen Glieder streckten und sich ihre Lage besahen. Alles war still – im Laden und in der Kammer war keine Seele; durch die dichte Wolke von Tabaksrauch war das verstümmelte Porträt mit den ausgestochenen Augen und den vielen Rissen an anderen Stellen kaum zu sehen.

Zum Glück für die einen und zum Unglück für die anderen, waren die Schreiber viel nüchterner als die Offiziere, die sich immer mehr betrunken hatten, während die unter dem Tische eingeschlossenen

Heraklit und Demokrit erheblich nüchterner geworden waren, wozu wohl die Angst, die Enthaltsamkeit und vor allem der Rachedurst, der in ihnen glühte, beitrugen. So hatten sie sich einen vortrefflichen Plan ausgedacht, um ihre Beleidiger zu strafen.

Die Schreiber überlegten nicht lange, nahmen das verwundete Porträt von der Wand, liefen damit auf das Freitreppchen des Ladens und schlugen Lärm: »Kommt her, ihr guten Leute! Wer an Gott glaubt und die Älteren ehrt, seht euch das Wunder an ... Schaut, wie die Offiziere das Porträt einer solchen Person entehrt haben!«

Auf dieses Geschrei tauchte sofort, wie aus der Erde gewachsen, der Wirt auf, der sich während des Gelages versteckt hatte; die Marktweiber von ihren Ständen liefen herbei, die Juden begannen zu schreien – und unsere Geschichte nahm ihren Lauf.

Der jüdische Wirt, der die größte Angst hatte und am meisten einen Skandal scheute, hielt sich mit seinen großen Fingern die Augen zu, wie es der Rabbiner beim Gebet tut, und schrie: »Ich habe nichts gesehen und sehe auch jetzt nichts, wer dieser Militär-Pan ist, der da gemalt ist. Geb Gott, daß er ein guter Mensch sei. Aber ich – ich brauche jetzt das Bild nicht mehr ... Ich verschenke es, nehme es, wer es will ...«

Doch Demokrit rief: »Aber wir wissen, wer diese Person ist, und wir protestieren. Schaut, ihr guten Leute – die Augen sind ihm ausgestochen. Wir wollen das Porträt zum Stadtvorsteher tragen.«

Demokrit trug das verwundete Porträt durch die Straßen vor das Stadthaus, und Heraklit begleitete ihn, machte unter der warmen Sonne wieder sein saures Gesicht und weinte, und alle, die ihnen folgten, wiesen lobend auf ihn hin und sagten: »Schaut nur, wie es ihn rührt!«

Aber die Offiziere schliefen und schliefen und ahnten nicht, daß man gegen sie *protestierte* und daß ihnen die Sache Unannehmlichkeiten bereiten würde, die sie nicht wüßten, wie loswerden. Wie schwer auch ihr trunkener Schlaf gewesen war, auch ihr Erwachen am nächsten Morgen war nicht leicht. In aller Frühe kam zu allen Zechgenossen des beschriebenen Gelages die Ordonnanz des schnurrbärtigen Majors oder Rittmeisters, der die Schwadron kommandierte und in seiner Person die oberste Befehlsgewalt am Standort darstellte.

Natürlich war der Rittmeister nicht Gott weiß was für eine hohe Obrigkeit, beinahe so ihr Bruder Hans, und machte manchesmal auch einen Tanz mit ihnen, aber die Offiziere erschraken.

Das Schlimmste war, daß ihnen der Kopf noch brummte und sie sich durchaus nicht mehr daran erinnern konnten, was gestern im Keller beim jüdischen Wirt vorgegangen war. Sie erinnerten sich noch, daß sie wohl tüchtig getrunken hatten, aber sie konnten sich nicht mehr auf alles der Reihe nach besinnen. Ein Stück war abgerissen, und es schien ihnen, als sei das Dazwischenliegende gar nicht gewesen. Sie besannen sich, daß sie die Juden verjagt hatten, aber das wäre durchaus nicht wichtig gewesen, war schon öfter geschehen, auch wenn der Rittmeister dabeigewesen war. Das Verjagen ist kein Unglück, besonders bei Juden nicht, denn sie sind ein Volk, das die Vorsehung selbst zur *Verstreuung* vorbestimmt hat. Der Jude schreibt ein Übriges auf, berechnet als getrunken, was nicht getrunken, als beschädigt und zerschlagen, was nicht beschädigt wurde; sie würden mit ihm verrechnen, und dann würde wieder alles gut sein, bis zu einer neuen Geschichte. Der Jude selbst würde ihnen den ersten *Friedenstrunk* umsonst anbieten, sie würden sich aussöhnen und ihn in seinem Handel unterstützen ... Es war ja unmöglich, daß er, der Jude, mit ihnen streiten wollte und daß er die Ursache dieser plötzlichen frühen Einladung zu ihrem ältesten Offizier war. Vielleicht diese Schreiber ... Es dünkt ihnen, als seien zwei Schreiber dabeigewesen ... *Gerichtsherrchen* ... Nun, das war auch keine besondere Sache! Die Soldaten haben sie noch überall gezaust! Sind auch nicht mehr wert, dieses bestechliche Unkraut! Wenn sie nur nicht einen von ihnen die Nase oder die Ohren abgehauen hatten! Das wäre garstig, was einmal abgehauen ist, kann man nicht wieder ansetzen ... Aber Gott ist gnädig, sie haben schon andere Dinge gemacht, so wird auch das vorübergehen. Wozu braucht auch ein Schreiber eine Nase? – Doch nur um Tabak zu schnupfen und das Aktenpapier damit zu bestreuen. Der *Chabar* ist doch kein Braten, er wird ihn auch so, ohne Nase riechen. Man wird sich natürlich zusammentun müssen und bezahlen, aber allen zusammen wird es nicht schwerfallen ...

12.

In solchen oder ungefähr ähnlichen Erwägungen zogen die Offiziere ziemlich unbekümmert zum Quartier ihres ältesten Kameraden und betraten guten Mutes das geräumige, aber niedrige Zimmer in dem kleinrussischen Häuschen. Aber jetzt merkten sie mit einem Mal, daß die Sache durchaus nicht gut stand. Der Rittmeister kam ihnen nicht kameradschaftlich in seinem gestreiften Morgenrock, mit der Pfeife in den Zähnen entgegen, sondern die Tür zu seinem Kabinett war geschlossen – das heißt, er will warten, bis alle versammelt sind, dann kommt er heraus und spricht zu allen zusammen.

Diese offizielle Form versprach nichts Gutes, und die eingetretenen Offiziere schauten einander an, dämpften ihren Ton zu einem halben Flüstern, und einer fragte den andern: »Nun, was ist denn das? Was haben wir denn gestern angestellt?«

Einer von ihnen hatte auf der Straße etwas von einem Porträt sprechen hören.

»Porträt, Porträt? ... Was für ein Porträt?«

Keiner konnte sich erinnern.

Aber jetzt öffnete sich plötzlich die Tür, und aus dem Kabinett trat der Rittmeister, in Uniform mit Epauletten, mit fest geschlossenem Mund. Er begrüßte sie nicht und begann seine Rede mit Worten, wie sie Gogol viel später seinem Skwosnik-Dmuchanowskij in den Mund gelegt hat: »Ich habe Sie hieher gerufen, meine Herren, um Ihnen eine unangenehme Mitteilung zu machen: Gegen Sie ist bei der Zivilbehörde Klage eingereicht worden, und ich wurde vom Stadtamt davon benachrichtigt; ich muß Sie arretieren. Geben Sie mir bitte Ihre Säbel, und wollen Sie mir sofort aufrichtig erklären: Was haben Sie gestern abend in dem Laden getan?«

Die Offiziere nahmen widerspruchslos ihre Säbel ab und übergaben sie dem Schwadronschef, aber bezüglich der *aufrichtigen Erklärung* antworteten sie, sie wären selber froh, wenn sie wüßten, was sie eigentlich getan hätten, aber sie könnten sich dessen nicht mehr entsinnen.

Der Rittmeister zog die Brauen zusammen und entgegnete noch schärfer: »Ich bitte Sie, nicht zu scherzen, ich spreche mit Ihnen dienstlich, als Ihr Ältester!«

»Das ist kein Scherz«, erwiderte einer der Angeklagten, »wir erinnern uns, bei Gott, nicht mehr.«

»Aber erlauben Sie!«

»Der Tag war gestern heiß, wir gingen zufällig hinein, ... und tranken dort im Kühlen Wermutwein ... hatten dann irgendeinen Streit mit den Juden ... haben aber nichts Böses im Sinn gehabt ... Es waren sogar noch zwei Schreiber dort, die alles sehen konnten ...«

»Das ist es ... die zwei Schreiber! Darum handelt es sich auch. Diese beiden Schreiber konnten in der Tat alles sehen, und haben es auch gesehen. Wie werden Sie sich ihnen gegenüber rechtfertigen? Eine solche Schande für unseren Stand!«

»Aber worin rechtfertigen? ... Sagen Sie es uns bitte!« erwiderten die Offiziere.

»Ja, Sie haben sich ihnen gegenüber zu rechtfertigen«, rief der Rittmeister, zog aus seiner Tasche ein vierfach zusammengefaltetes Blatt Papier und begann die ihm von der Stadtverwaltung amtlich zugestellte Kopie des Berichtes der Schreiber zu verlesen, in dem stand, wie die Herren Offiziere das Porträt durch das Werfen von Gabeln beschädigt hatten, während die am Ort des Vergehens anwesenden Gerichtsschreiber, *die in ihren Herzen Gottesfurcht und Liebe zum Allerhöchsten hatten*, die ganze Zeit auf den Knien lagen, so daß sie sich auf dem Fußboden ihre einzigen Hosen durchscheuerten, weshalb sie jetzt der Möglichkeit beraubt seien, ihren dienstlichen Obliegenheiten nachzugehen. Sie protestierten daher amtlich gegen den ganzen beschriebenen Unfug der Offiziere und bäten, für die Beschädigung der Hosen von den Angeklagten für jeden von ihnen zwanzig Rubel in Assignaten zu erheben.

Der Rittmeister hatte zu Ende gelesen, pfiff der Ordonnanz und befahl, das Porträt aus seinem Schlafzimmer herzubringen, damit die Offiziere mit eigenen Augen die Spuren ihres gestrigen Zeitvertreibes sehen könnten. – Nun wurden sie starr.

Inzwischen hatte der Rittmeister seinen Waffenrock ausgezogen und nur die Halsbinde anbehalten, setzte sich an den Tisch, steckte die Hände in die Hosenträger aus Kamelgarn und sagte in verändertem Ton: »Meine Herren, die Sache steht schlecht. Sie sieht sehr häßlich aus, weil man aus ihr weiß der Teufel was alles machen kann. Diese elenden Federfuchser, diese dreckigen Gerichtsschreiber wagen es, gegen Offiziere aufzutreten. Ich habe mit Ihnen soeben als Ihr Dienstältester gesprochen, aber jetzt spreche ich als Kamerad. Der Sache ihren Lauf zu lassen, ist unmöglich, man muß ihr durch Schnelligkeit und militärisch aufrichtige Offenheit zuvorkommen, wie es sich für Edelleute geziemt. Ob es hilft oder nicht, jedenfalls muß man offen und ehrenhaft handeln. Setzen Sie sich bitte, rauchen Sie eine Pfeife, und lassen Sie uns nachdenken. Meine Meinung ist die: Das Unheil ist einmal geschehen, daran läßt sich nichts ändern. Man muß den Umstand ausnützen, daß die Post nach Perejaslaw gestern abgegangen ist und erst in drei Tagen wieder geht. Das ist Ihr Glück. Ich habe Ihnen Ihre Säbel abgenommen; wählen Sie nun zwei Kameraden, die möglichst schnell zum Oberst reiten und ihm alles aufrichtig erzählen. Er ist mit dem Gouverneur gut bekannt und kann Ihnen helfen.«

Einen besseren Plan vermochten sie gar nicht auszudenken, und zwei Stunden später sprengten zwei Offiziere aus Pirjatin nach Perejaslaw; auf dem Wege lag Farbowanaja. Nach der Hitze und Schwüle war ein Gewitter losgebrochen, und es schüttete vom Himmel wie mit Kübeln, als auf einmal vor den Offizieren in den Strömen Wassers wie eine Blase aus dem Boden ein Kleinrusse auftauchte.

»Was fahren da für Leute mit Schellen und was wollt ihr?«

»Wir sind Offiziere und reisen in eigenen Angelegenheiten.«

»Wenn ihr in eigenen Angelegenheiten reist, so kommt zu unserem Pan Wischnewskij.«

Die Offiziere wollten nicht, aber der Kleinrusse redete ihnen zu: »Es ist einmal so ... So ist der Brauch!«

Sie fuhren hin, um den Regen und das Gewitter abzuwarten, und Stepan Iwanowitsch empfing sie erfreut, bewirtete sie mit Essen und Trinken und fragte: »Eilen Sie, meine Herrn, wohl oder übel oder zu Ihrem Vergnügen bei diesem Wetter weiter?«

Die Offiziere antworteten im Stile der Märchen, daß sie wohl oder übel reisten, und auch zu ihrem Vergnügen.

»Nun, was ist es für eine Sache? Vielleicht kann ich Ihnen behilflich sein, daß Ihre Reise nicht mehr notwendig ist.«

Sie seufzten und sagten: »Nein, unsere Angelegenheit ist so schwerwiegend, daß nur noch der Oberst beim Gouverneur vielleicht Fürbitte einlegen kann.«

»Nun, wenn schon – was hat der Gouverneur zu sagen? Ich frage doch nicht aus leerer Neugier.«

Die Offiziere erzählten ihm alles.

Wischnewskij fuhr sich mit gespreizten Fingern über den Scheitel, räusperte sich und sagte: »Der Gouverneur hat mit der Sache gar nichts zu tun, und Sie brauchen deshalb nicht nach Perejaslaw. Niemand kann Ihnen helfen, wenn man der Sache nicht eine richtige Wendung gibt.«

»Aber wie kann man ihr eine richtige Wendung geben?«

Stepan Iwanowitsch fuhr sich wieder mit den Fingern über den Scheitel, räusperte sich und sagte: »Ja, ich sehe, daß Sie zwar alle Moskowiter sind und eine Lektion verdienen, aber Sie haben die Sache unrichtig angefangen und können sie ganz verderben, wenn Sie zu Ihrem Vorgesetzten reisen. Sie nützen sich selbst durch Ihre Offenheit nichts und machen Ihrer Obrigkeit nur Schwierigkeiten; deshalb verhafte ich Sie bis morgen. Ich habe das Recht, Sie zu verhaften, da Sie mir selbst gestanden haben, daß Sie entflohen sind und auch keine Säbel haben. Ich bitte Sie, sich in den Flügel zu begeben, dort ist alles für Sie bereit, und schlafen Sie gut. Morgen früh werden wir dann Ihrer Angelegenheit die Wendung geben, die sie braucht.«

13.

Die Offiziere sagten zu, dachten, es sei kein großes Unglück, bis zum Morgen zu warten, und fügten sich ihrem eigenwilligen Gastgeber. Sie gingen in den Flügel, aber der Pan von Farbowanaja rief den Haiduken Prokop, befahl ihm, sich in den Wagen zu setzen und nach Pirjatin zu fahren, dort die beiden Gerichtsherrchen aufzufinden und sie um jeden Preis am Morgen nach Farbowanaja zu bringen.

Der Haiduk eilte davon, suchte die Schreiber auf und sagte: »Mit meinem Pan Wischnewskij steht es schlecht. Es geht ihm so elend, daß ich nicht weiß, ob er den Abend noch erlebt. Jetzt will er sein Testament machen und hat mich hergeschickt, um euch zu bitten, daß ihr gleich euer Schreibzeug nehmt und mit mir fahrt, um als Zeugen zu unterschreiben. Ihr bekommt ein gutes Chabar dafür.«

Die Schreiber wußten, daß Wischnewskij noch nie krank war, aber wenn solche Leute krank werden, so geht es auf den Tod.

Sie dachten: »Sicher stirbt er, und wir verschreiben uns etwas im Testament. Er ist so krank, daß er es nicht merkt.«

So nahmen sie mit Freuden ihre Sachen und fuhren ab. Als Stepan Iwanowitsch eben erwachte, standen sie schon auf seiner Freitreppe.

Stepan Iwanowitsch machte für diese Gäste eine kleine Abweichung von seiner Empfangsetikette. Ins Haus ließ er sie natürlich nicht ein, aber er befahl, ihnen ein kleines Tischchen und für die beiden nur einen Stuhl hinauszubringen, damit sie nicht wagen sollten, vor ihm zu sitzen.

Dann ging er in einer Mütze mit großem Schirm zu ihnen hinaus und begann die Unterhandlung.

»Mein Haiduk«, sagte er, »hat euch vorgemacht, daß ich sterbe. Aber, so Gott will, hat es damit noch Zeit, und dann werde ich mir für mein Testament andere, ehrlichere Zeugen als euch holen. Ich habe euch aber zu eurem eigenen Wohl herbringen lassen ...«

Sie machten große Augen.

»Was habt ihr, Verfluchte, vorgestern beim Juden im Keller getrieben? He?« Das Staunen der Schreiber wuchs.

»Erlauben Sie, wer hat es Ihnen erzählt? ... Wir haben nichts getrieben, sondern die Offiziere ...«

»Ja, ja, ich weiß alles. Darum tut ihr mir auch leid: Ihr Dummköpfe habt euch ausgedacht, eure Schuld auf die Offiziere abzuwälzen, als ob euch das etwas nützen würde. Ihr habt nur das eine nicht bedacht, daß die Offiziere sieben Leute sind, die bezeugen, daß ihr das Porträt beschädigt habt und daß ihr gegen sie nur zwei seid ... Wer wird euch da Glauben schenken?«

»Erlauben Sie, aber wir ...«

»Nichts, keine Dummheiten reden ...« unterbrach sie Wischnewskij, »ich weiß alles – ich bin über alles unterrichtet. Ihr habt euch ausgeheckt, eine Anzeige zu schreiben, und während eure Denunziation noch unterwegs ist, sind die Offiziere schon nach Perejaslaw, nach Poltawa und Kiew geritten. Ich habe sie, Gott sei Dank, abgefangen und bei mir festgehalten. Sie sind ihrer sieben Mann, und alle haben gesehen, wie ihr die Gabeln geworfen habt.«

»Aber erlauben Sie, wann haben wir die Gabeln geworfen?«

»Nichts da«, schnitt ihnen Wischnewskij das Wort ab. »Ihr seid zwei, und sie sind sieben, und ihr könnt euch nicht herauswinden. Zudem sind sie angesehenere Leute als ihr, sind hochgeborene Adelige, und was seid ihr? – Dahergelaufene Schreiber, Unkraut.«

»Aber wir sind doch im Recht ...«

»Tja, was heißt das, Recht haben gegen Moskowiter! Sie sind ihrer sieben, und ihr seid zwei. Und wißt ihr vielleicht nicht, daß bei uns die ganze hohe Obrigkeit moskowitisch ist? Zudem werden die Teufelsjuden sie bestimmt unterstützen und sagen, sie hätten gesehen, wie ihr die Messer geworfen habt.«

»Aber bedenken Sie doch, Pan, die Juden sind ja Schelme.«

»Wer sagt denn, sie seien keine Schelme? Aber sie werden gegen euch aussagen. Und deshalb ist es mir auch um euch leid, daß ihr in solche Drangsal geraten seid.«

Die Schreiber, die in den Formen der Rechtssprechung bewandert waren, sahen, daß ihre Sache, hol's der Teufel, in der Tat schlecht stand, daß sie durchaus keine Chancen für sich hatten, ja, daß vielleicht sogar die ganze Schuld auf sie fallen könnte.

»Sie sind sieben ... und wir sind zwei ...«

»Ja, und dazu die Juden ... es kann wohl sein ...«

»Was sollen wir nun tun, Euer Gnaden?«

»Was ich euch lehren werde. Setze sich einer von euch her und schreibe, was ich ihm sage.«

Stepan Iwanowitsch diktierte, und das Schreiben begann: »Da wir von Natur aus unverständig sind und unser Gewissen durch die Schmiergelder verfinstert ist ...«

Der Schreibende hielt inne, aber Wischnewskij fuhr ihn an: »Schreibe, schreibe! Das ist notwendig so.«

»... verfinstert ist, gingen wir Gerichtskopisten in den Keller bei dem jüdischen Laden, betranken uns bis zur Bewußtlosigkeit und fingen an, uns über die Verteilung der Schmiergelder zu streiten. Wir warfen aufeinander mit Gabeln, aber weil wir sehr betrunken waren, fuhren sie aus Unvorsichtigkeit in das Porträt ...«

Der Schreibende zögerte wieder, aber Stepan Iwanowitsch gab ihm einen Stoß in den Rücken. Jener fuhr sogleich fort und schrieb den ganzen Akt zu Ende, in dem er jene Schuld bekannte und gestand, sie hätten aus Furcht beschlossen, ihre Schuld auf die Offiziere zu schieben, in der Annahme, daß ihnen als Kriegsleuten nichts geschehen werde. Aber jetzt, im Gefühl ihrer Versündigung und im Gedanken an ihre dereinstige Todesstunde, bereuten sie es und bäten die Offiziere, ihnen zu verzeihen und von der Anzeige Abstand zu nehmen. Aber für ihre in betrunkenem Zustand begangene Verfehlung bäten sie selbst den Pan Wischnewskij, sie auf seinem Gute Farbowanaja väterlich mit

Ruten züchtigen lassen zu wollen, worauf dann Wischnewskij die Güte haben werde, sich zu verwenden, daß die Sache keine weiteren Folgen habe.

»Aber wofür, Euer Gnaden, wofür uns züchtigen?«

»Das steht nur so auf dem Papier.«

Sie unterschrieben es, dann unterschrieb Wischnewskij und ließ die Offiziere rufen.

»Und Sie, meine Herren«, sagte er, »unterschreiben Sie es auch, daß Sie einverstanden sind, ihnen, auch im Namen Ihrer Kameraden, zu verzeihen, und daß Sie als Soldaten großmütig sein wollen und die Angelegenheit nicht weiter verfolgen werden.«

Die Offiziere unterschrieben.

»Jetzt ist alles erledigt«, sagte Stepan Iwanowitsch und steckte das Papier in die Tasche. »Und nun«, wandte er sich an seine Leute, »führt diese Herrchen in den Pferdestall und gebt ihnen dort eine tüchtige Portion Ruten.«

»Erlauben Sie, was heißt denn das?«

»Was das heißt? Das heißt, daß es hier geschrieben ist. Ihr wollt jetzt schon das Geschriebene anfechten? Eh! Feine Herrchen. Gebt ihnen ihre Ruten, Jungens!«

Und man züchtigte sie mit Ruten.

Es wird erzählt, daß man diese Schreiber später noch lange fragte, wie es ihnen zumute war, als sie in Farbowanaja *gefarbowalkt* wurden.

Der Kommandeur kam selbst zu Stepan Iwanowitsch nach Farbowanaja gefahren, und wenn er es auch nicht aussprach, so drückte er doch indirekt seine Anerkennung für diese Findigkeit und *die richtige Wendung der Angelegenheit* aus.

14.

Auch in seinen eigenen Angelegenheiten war Stepan weitblickend und verfiel nur dann in Fehler, wenn die Liebesleidenschaft seinen Blick trübte. Die größte Torheit beging er in einem Fall, der mit jener schlanken, zierlichen Gapka Petrunenko zusammenhing, zu deren Füßen wir ihn verlassen haben.

In der Zeit, als Wischnewskij dieses Mädchen liebte, stand der Kirche im Dorf Farbowanaja ein Priester namens Platon vor. Er hatte die den

Russen ziemlich gemeinsame Schwäche, daß er zwar im nüchternen Zustand *zu allem wohlweislich schwieg*, betrunken jedoch gern plauderte und sogar die ungeschminkte Wahrheit sagte.

Als sich Wischnewskij am nächsten Morgen vom Teppich erhoben hatte, teilte er voller Freude Stepanida Wassiljewna eine wichtige Neuigkeit mit.

Gapka spürte in sich ein neues Leben pochen.

»Und was sie gebiert, soll nicht mehr leibeigen, sondern frei sein«, sagte Wischnewskij.

Dies war ein ungewöhnliches Liebesgeschenk seitens Stepan Iwanowitschs, denn die große Menge seiner Kinder war sämtlich unter seine *leibeigenen Seelen* eingetragen worden und arbeitete rechtschaffen auf den Feldern seines Herrengutes.

Auch Gapka freute sich darüber.

Eine Stunde später ging sie aus, um Himbeeren zu pflücken. Am Gartenzaun begegnete ihr der Priester P. Platon, der gerade in seiner aufrichtigen Stimmung war. Als er das Mädchen erblickte, sagte er ihr in priesterlichem Tone: »Was bist du so froh, Mädel? Bist froh und vergnügt, pflückst süße Himbeerchen, aber wenn du dein Kindchen geboren hast, kriegst du auch deinen Stoß in den Rücken.«

»Warum denn?« Gapka sah ihn von der Seite an und wurde mit einem Mal verwirrt und traurig, weil sie Wischnewskij, wie viele Frauen, die anfangs nur widerstrebend seine Geliebten geworden waren, liebgewonnen hatte. Gapka fragte, warum man sie denn absetzen werde, wenn sie das Kind geboren haben würde.

»Darum«, antwortete der Geistliche, »weil man auf dem Herrenhof ein Kühlein nicht bis zum zweiten Kalb behält.«

Das war die einzige Begründung des P. Platon, aber Gapotschka wurde traurig, besonders infolge des neuen ungewohnten Zustandes ihres Organismus, und begann bitterlich zu weinen. Aber als verschlossene Kleinrussin wollte sie um nichts in der Welt sagen, warum sie weinte. Stepan Iwanowitsch brachte es schließlich selbst heraus: Leute hatten gesehen, wie der Geistliche mit Gapka sprach, und hinterbrachten es dem Pan, der sogleich seinen geistlichen Vater zur Beichte vor sich rufen ließ und ihn fragte: »Was hast du Gapka gesagt?«

Der Geistliche konnte sich nicht entschließen, zu wiederholen, was er zu dem Mädchen gesprochen hatte, und sagte: »Ich erinnere mich nicht mehr.«

Wischnewskij wurde wütend und schrie ihn an: »Aha, jetzt kenne ich dich: Du hast dich an sie herangemacht ... Hast geglaubt, sie werde mich mit dir vertauschen?«

»Was denken Sie, Euer Gnaden ...«

»Nichts ›Euer Gnaden‹, meine Gnaden sind dir nur soweit gnädig, daß ich dich, als dein geistlicher Sohn, nicht prügeln lasse. Aber du sollst fort von hier, und ich lasse dich durchs Dorf führen, damit die Leute wissen, was für ein Taugenichts du bist.«

Man packte den Unglücklichen, zog ihn aus, steckte ihn in einen alten Getreidesack, aus dessen Schlitz nur der Kopf herausschaute, schüttete ihm Flaumfedern über den Kopf und führte ihn in diesem Aufzug durch das ganze Dorf.

Der Geistliche fuhr in die Stadt, reichte eine Klage ein und bat um seine Versetzung, die er auch erhielt. Für Stepan Iwanowitsch blieb dieser Vorfall im übrigen ohne alle unangenehmen Folgen.

Eine gewisse Vergeltung übte der beleidigte Geistliche selbst, aber seine Rache war lächerlich und kam sehr spät. Sie wurde erst viele Jahre später offenbar, als Stepan Iwanowitsch eine seiner Töchter verheiraten wollte. Er forderte damals einen Auszug aus dem Taufregister, wo man unerwarteterweise die dumme und ganz sinnlos hineinkorrigierte Eintragung fand, daß dem Stepan Iwanowitsch und seiner *ehelichen* Gattin eine *uneheliche* Tochter geboren wurde.

Es war sinnlos und konnte Stepan Iwanowitsch keinen ernstlichen Schaden verursachen, aber es brachte ihn schrecklich auf. Wie durfte man sich mit ihm einen solchen Scherz erlauben! Und wer? – Der Pope! Zudem konnte er es nicht mehr heimzahlen, weil der Pope P. Platon nach Gottes Ratschluß schon früher gestorben war.

Sonst hätte ihn Stepan Iwanowitsch auch in einem anderen Kirchspiel zu finden gewußt ...

15.

Dergestalt waren die wilden Taten dieses Originals, die jetzt, in unserer vielgescholtenen Zeit unmöglich wären oder die man heute bestimmt seiner Psychopathie zugeschrieben hätte. Selbst Wischnewskijs Geschmack und seine Gefühle spiegelten seine seelische Anormalität wieder. So hatte er zum Beispiel für die Schönheit der Natur nichts übrig und liebte ausschließlich die Nacht und die Effekte der Gewitter. In der Tierwelt liebte er nur Tauben und Pferde. Die Tauben liebte er, weil sie sich *küssen*, und die Pferde, weil sie Schnelligkeit und eine Stimme haben ... ja, so außerordentlich liebte er die *Pferdestimme*, das heißt ihr Wiehern. Um sich das eine seiner Vergnügen zu verschaffen, hielt er sich vor seinen Fenstern einen großen Taubenschlag und ergötzte sich oft ganze Stunden daran, zuzusehen, *wie sie sich küßten*. Dann rief er Stepanida Wassiljewna zu diesem Schauspiel herbei: »Schau – sie küssen sich!«

Des Wieherns halber ritt Stepan Iwanowitsch stets Hengste und blieb ganz gleichmütig, wenn sie ein Gespann in Unordnung brachten. Daran lag ihm nicht viel, wo er aber Pferde wiehern hörte, auf der Straße oder aus einem Haus, blieb er sogleich stehen, hielt den Finger vor sich und erstarrte ... Kein Musiknarr hat vielleicht so leidenschaftlich der Calzolari, Tamberlik oder der Patti gelauscht.

Der Lieblingsanblick Wischnewskijs war seine prachtvolle Pferdeherde, unter der ein mächtiger, schöner Hengst einhergaloppierte. Hörte Stepan Iwanowitsch sein Wiehern selbst nur aus der Ferne, so hielt er an, und sein Gesicht hatte den Ausdruck vollsten Glückes. Es schien, als ob seine Augen, ungeachtet der räumlichen Entfernung, sahen, wie sich das Pferd aufbäumte, die Luft durch Nüstern und Zähne einzog und in Leidenschaft glühend dahinstürmte.

»Hörst du es, Stepanida Wassiljewna?«

»Ja, mein Freund, ich höre.«

Alles, was ihren Mann erfreute, machte auch sie glücklich, und so zeigte sie auch hier Freude ... Und Stepan Iwanowitsch wußte es zu schätzen.

Er war sechzig Jahre alt, als Stepanida Wassiljewna starb. Er beweinte sie sehr, ging dann aber, trotz seines schon vorgerückten Alters eine zweite Ehe mit einem hübschen achtzehnjährigen kleinrussischen Mädchen aus der Familie Gordienko ein. Auch mit dieser Gemahlin lebte er glücklich, aber ... er gedachte immer Stepanida Wassiljewnas. Trotz ihrer vielen Vorzüge, verstand es seine zweite junge Gemahlin nicht, auf all seine Schwächen und Sonderlichkeiten einzugehen. Stepan Iwanowitsch zeigte ihr die küssenden Tauben nicht und wollte sie auch nicht fragen, ob sie es höre, wie der Sultan der Herde seine schmetternde Stimme ertönen ließ, sie in Triller auflöste und sie dann um eine Oktav senkte ...

Wischnewskij hatte einmal versucht, die Aufmerksamkeit seiner neuen Frau darauf zu lenken, aber sie hatte sich gefühllos gezeigt – war nicht einmal aufgestanden und hatte nicht gelächelt, sondern nur kalt gesagt: »Ja, ich höre, da hat ein Pferd irgendwo gewiehert.« Und damit nahm sie ihre Arbeit wieder auf ...

Stepan Iwanowitsch sah ein, daß seiner neuen Frau das mangelte, was der ersten eigen gewesen war, und zog sie nie mehr in den Kreis von Begriffen hinein, die ihr unzugänglich waren.

In Augenblicken seelischer Wallungen seufzte er nur auf, suchte mit den Augen das Bildnis Stepanida Wassiljewnas und lächelte ihr zu.

16.

Mit seiner zweiten Gemahlin lebte Wischnewskij noch rund zwanzig Jahre, im Genusse unveränderlicher Gesundheit, und starb zu Beginn seines neunten Jahrzehntes. Im ganzen war er zweiundachtzig Jahre alt geworden. Hinfälliges Greisentum oder ein langsames, allmähliches Dahinsterben blieben ihm erspart. Als seine Stunde gekommen war, ging er ganz plötzlich dahin, wie eine überreife Himbeere vom Stiel fällt.

An einem Morgen seines dreiundachtzigsten Jahres, im Frühling, wenn in Kleinrußland verschwenderisch der Flieder blüht, ritt Stepan Iwanowitsch eine wilde nogaische Stute zu, die sonst niemanden im Sattel duldete.

Mit Hilfe seiner ungewöhnlichen Kraft und seiner ungewöhnlichen Schwere brachte er die wilde Stute zur Erschöpfung. Vom Sattel steigend, übergab er die Zügel den Pferdeknechten, trat auf den Balkon und blieb plötzlich stehen ...

Es schien Wischnewskij, als *falle sein Herz*. Er sei lange geritten, hätte sich im Sattel geschüttelt, und nun sei das Herz abgerissen ... So ganz ohne Schmerz, ohne Beschädigung, wie eine überreife Beere fällt. Um ihn war es leer, und plötzlich begann sich alles zu verschieben, wie Uhrgewichte, deren Seil vom Rad geglitten ist.

Wischnewskij setzte sich schnell in einen Sessel und wollte etwas sagen, aber über seine Lippen kam kein Laut. Alles war so schön, ringsum Blüten und Duft. Er sieht und hört alles und begreift ... Da haben eben die Pferdeknechte der schweißigen Stute den Sattel abgenommen und führen sie längs der schattigen Mauer. Sie ruht aus, schüttelt sich, und von dem weißen Schaum, der sie bedeckt, fliegen leichte Flocken durch die Luft. Hinter der Mauer des Pferdestalls hallt das Stampfen kräftiger Vorderhufe auf den Fliesen wider, und es tönt laut und wohlklingend wie ein Fagott: I-ha-ha!

Stepan Iwanowitsch ließ die Augen nach rechts und links schweifen ... Sie suchten das Bildnis Stepanida Wassiljewnas, aber dann blieben sie an einem blühenden Fliederstrauch haften, und er lächelte ...

Es ist anzunehmen, daß er dort Stepanida Wassiljewna selbst mit ihrem länglichen Schubinskij-Gesicht sah – er fiel vom Stuhl zu ihren Füßen nieder – als Toter. In jenem anderen Leben haben sich die beiden wohl wiedererkannt.

Der Toupetkünstler

1.

Viele glauben bei uns, daß der Titel »Künstler« nur den Malern und Bildhauern zukommt, und auch nur solchen unter ihnen, die ihn von einer Akademie verliehen bekommen haben. Unsere berühmten Silberschmiede Ssasikow und Owtschinikow werden von vielen für einfache Handwerker gehalten. In anderen Ländern ist es sicher nicht so. Heine erzählt von einem Schneider, der ein »Künstler« war und »eigene Ideen« hatte, und die Damenkleider aus dem Atelier von Worth gelten heute als Kunstwerke. Über einen solchen Künstler schrieben neulich die Zeitungen, daß er in seinem Schnitt »eine ungewöhnliche künstlerische Phantasie« zeige.

In Amerika wird das Gebiet des künstlerischen Schaffens noch viel weiter aufgefaßt. Der berühmte amerikanische Schriftsteller Bret Harte erzählt von einem Künstler, dessen Objekt Leichen waren: er verlieh den Gesichtern der Verstorbenen einen »Ausdruck des Trostes«, der von dem mehr oder weniger glückseligen Zustande der entschwebten Seele zeugen sollte.

Dieser Ausdruck hatte mehrere Abstufungen; ich kann mich nur an drei erinnern: 1. »Ruhe«, 2. »erhabene Beschaulichkeit« und 3. »Seligkeit des unmittelbaren Verkehrs mit dem Herrn«. Die Berühmtheit des Künstlers entsprach durchaus der hohen Vollkommenheit seiner Arbeit: sie war ganz kolossal. Leider fiel der Künstler als Opfer der rohen Menge, die für die Freiheit des künstlerischen Schaffens wenig Verständnis hatte. Er wurde gesteinigt, weil er den Ausdruck des »seligen Verkehrs mit dem Herrn« dem Gesicht eines verstorbenen Bankiers verliehen, der die ganze Stadt ausgeraubt hatte. Die glücklichen Erben des Schwindlers hatten dem Verstorbenen auf diese Weise ihren Dank bezeugen wollen, dem Künstler kostete es aber das Leben …

Auch bei uns in Rußland gab es einen Meister auf diesem nicht ganz gewöhnlichen Gebiete der Kunst.

2.

Die Kinderfrau meines jüngsten Bruders war eine lange, ausgetrocknete, doch recht proportioniert gebaute Alte, namens Ljubow Onissimowna. Sie war in ihrer Jugend leibeigene Schauspielerin am Haustheater des Grafen Kamenskij zu Orjol gewesen, und alles, was ich hier erzählte, hat sich zu Orjol in den Tagen meiner Kindheit abgespielt.

Mein Bruder war um sieben Jahre jünger als ich: als er zwei Jahre alt war und von Ljubow Onissimowna gepflegt wurde, war ich schon über neun und konnte die Geschichten, die sie mir erzählte, gut verstehen.

Ljubow Onissimowna war damals noch nicht sehr alt, hatte aber schon schneeweißes Haar; ihre Gesichtszüge waren fein und zart, die schlanke Figur ungewöhnlich gut gebaut und graziös, wie bei einem jungen Mädchen.

Meine Mutter und Tante sagten, wenn sie sie ansahen, daß sie in ihrer Jugend wohl wunderschön gewesen sei.

Sie war von einer grenzenlosen Ehrlichkeit, Sanftheit und Empfindsamkeit; sie liebte im Leben alles Tragische, trank sich aber zuweilen einen Rausch an.

Sie führte uns meistens auf den Friedhof bei der Dreifaltigkeitskirche spazieren. Sie setzte sich immer auf das gleiche armselige, mit einem einfachen Holzkreuz geschmückte Grab und erzählte mir oft Geschichten.

So hörte ich hier von ihr einmal die Geschichte vom »Toupetkünstler«.

3.

Er war Kollege unserer Kinderfrau am Theater; der Unterschied lag nur darin, daß sie »auf der Bühne Vorstellungen gab und Tänze aufführte«, während er nur ein »Toupetkünstler«, d.h. Friseur und Schminkmeister war und alle leibeigenen Schauspielerinnen des Grafen »anzumalen und zu frisieren« hatte. Er war aber kein alltäglicher Meister mit dem Frisierkamm hinter dem Ohr und der Büchse mit der Fettschminke in der Hand, sondern ein Mann mit eigenen *Ideen*, mit einem Worte ein *Künstler*.

Ljubow Onissimowna behauptete, daß niemand so gut wie er einem Gesicht »einen Ausdruck« zu verleihen verstand.

Ich kann heute nicht mehr genau sagen, unter welchem von den Grafen Kamenskij diese beiden Künstler gewirkt haben. Es sind drei Grafen dieses Namens bekannt, und alle drei galten in Orjol als »grausame Tyrannen«. Der Feldmarschall Michailo Fedotowisch wurde im Jahre 1809 von seinen eigenen Bauern wegen seiner Grausamkeit erschlagen; dieser hatte zwei Söhne: Nikolai und Ssergej, von denen der erste im Jahre 1811 und der zweite im Jahre 1835 gestorben war.

Als Kind, in den vierziger Jahren, ging ich oft an einem riesengroßen, hölzernen Gebäude vorbei, auf dessen Fassade mit schwarzer und brauner Farbe falsche Fenster gemalt waren und das von einem langen, halb eingefallenen Bretterzaun umgeben war. Es war das verrufene Herrenhaus des Grafen Kamenskij; gleich daneben befand sich auch das Theater. Das letztere stand so, daß man es vom Friedhofe an der Dreifaltigkeitskirche aus gut sehen konnte, und Ljubow Onissimowna leitete alle ihre Erzählungen mit den Worten ein:

»Schau mal hinüber, mein Lieber … Siehst du das schreckliche Gebäude?«

»Ja, es ist schrecklich, Kinderfrau!«

»Nun will ich dir etwas noch Schrecklicheres erzählen.«

Eine ihrer Erzählungen vom Toupetkünstler Arkadij, einem empfindsamen und kühnen jungen Mann, der ihrem Herzen nahe stand, will ich hier wiedergeben.

4.

Arkadij hatte nur die Schauspielerinnen allein »anzumalen und zu frisieren«. Für die männlichen Schauspieler gab es einen eigenen Friseur, und Arkadij betrat nur in jenen seltenen Fällen die Männergarderobe, wenn er vom Grafen selbst den Auftrag hatte, jemand »in edelster Form anzumalen«. Seine künstlerische Kraft lag darin, daß er einem jeden Gesicht die feinsten und verschiedenartigsten Ausdrücke zu verleihen verstand.

»Man läßt ihn kommen«, berichtete Ljubow Onissimowna, »und sagt ihm: ›Dieses Gesicht da soll den und den Ausdruck bekommen‹. Arkadij tritt etwas zurück, läßt den Schauspieler oder die Schauspielerin sich vor ihn hinsetzen oder hinstellen, kreuzt die Arme auf der Brust und denkt eine Weile nach. In solchen Augenblicken war er schöner als der schönste Mann, denn er war zwar von mittlerem Wuchs, aber so schlank, wie ich es gar nicht beschreiben kann, hatte eine feine und stolze Nase, Augen voller Engelsgüte und einen dichten Haarschopf, der ihm von der Stirne auf die Augen fiel, so daß er zuweilen wie durch eine Nebelwolke hindurch blickte.«

Der Toupetkünstler war, mit einem Wort, ein hübscher Mann und »gefiel allen«. Der »Graf selbst« liebte ihn, zeichnete ihn vor allen anderen aus, ließ ihm schöne Kleider machen, »hielt ihn aber sehr streng«. Er wollte es nicht haben, daß Arkadij außer ihm noch irgendeinen Menschen rasiere oder frisiere. Arkadij mußte sich daher immer im gräflichen Ankleidezimmer aufhalten, außer wenn er am Theater beschäftigt war.

Man ließ ihn sogar nicht in die Kirche zur Beichte und zum Abendmahl gehen, denn der Graf selbst glaubte nicht an Gott und konnte die Geistlichen nicht leiden. Einmal ließ er sogar die Popen von der Borissogljeber Kirche, die zu ihm mit dem Kreuze gekommen waren, mit Hunden hetzen.

Der Graf war, berichtete Ljubow Onissimowna, vor lauter Bosheit abstoßend häßlich und sah allen wilden Tieren zugleich ähnlich. Arkadij verstand aber auch diesem tierähnlichen Gesicht, und wenn auch nur für kurze Zeit, einen solchen Ausdruck zu verleihen, daß der Graf, wenn er abends in seiner Loge saß, würdiger als mancher andere aussah.

Der »Natur« des Grafen gingen aber, zu seinem großen Ärger, am meisten die Würde und der »kriegerische Ausdruck« ab.

Damit ein so unvergleichlicher Künstler wie Arkadij niemand andern mit seinen Diensten beglücken könne, »mußte er sein Leben lang zu Hause sitzen und bekam niemals bares Geld in die Hand«. Er war aber schon über fünfundzwanzig Jahre alt, und Ljubow Onissimowna stand im neunzehnten. Sie waren natürlich miteinander bekannt, und zwischen ihnen waren Beziehungen entstanden, die in diesem Alter häufig sind: sie hatten einander lieb. Sie konnten aber von ihrer Liebe nur in entfernten Andeutungen und nur vor fremden Ohren während des Schminkens sprechen.

Zusammenkünfte unter vier Augen waren unmöglich und selbst undenkbar ...

»Wir Schauspielerinnen«, erzählte Ljubow Onissimowna, »wurden ebenso streng überwacht, wie die Ammen in vornehmen Häusern: wir standen unter der Aufsicht älterer Frauen, welche Kinder hatten; und wenn mit einer von uns, Gott behüte, etwas passierte, so wurden jenen Frauen die Kinder weggenommen und furchtbaren Martern unterzogen.«

Das Gebot der Keuschheit durfte nur der übertreten, der es selbst aufgestellt hatte.

5.

Ljubow Onissimowna stand um jene Zeit nicht nur in der Blüte ihrer jungfräulichen Schönheit, sondern auch in der interessantesten Entwicklungsperiode ihres vielseitigen Talents: sie sang in den Chören die »Potpourris«, tanzte »die ersten Pas in der Chinesischen Gärtnerin« und kannte, von einem Drang nach dem Tragischen erfüllt, »alle Rollen vom bloßen Zuschauen«.

Ich weiß nicht mehr genau, in welchen Jahren sich das abspielte. In Orjol wurde der Kaiser (ich weiß nicht recht, ob es Alexander Pawlowitsch oder Nikolai Pawlowitsch war) erwartet; er sollte in der Stadt übernachten und am Abend einer Vorstellung im Theater des Grafen Kamenskij beiwohnen.

Der Graf lud zu dieser Veranstaltung den ganzen Adel ein (sein Theater war für Geld überhaupt nicht zugänglich) und gab sich Mühe, die Aufführung möglichst glanzvoll zu gestalten. Ljubow Onissimowna sollte das »Potpourri« singen und die »Chinesische Gärtnerin« tanzen; bei der letzten Probe fiel aber eine Kulisse herab und verletzte die Schauspielerin, die im Stücke »Die Herzogin de Bourblanc« die Hauptrolle spielen sollte, am Fuße.

Ich habe noch nie etwas von einem Stück mit diesem Titel gehört, aber Ljubow Onissimowna sprach den Namen der Heldin so aus, wie ich ihn hier wiedergebe.

Die Theaterarbeiter, die die Kulisse fallen ließen, bekamen im Pferdestall ihre Prügel, die Verletzte wurde in ihre Kammer getragen, es gab aber niemand, der die Rolle der Herzogin de Bourblanc übernehmen konnte.

»Ich erklärte mich bereit«, erzählte Ljubow Onissimowna, »diese Rolle zu spielen, denn es gefiel mir so gut, wie die Herzogin de Bourblanc ihren Vater auf den Knien um Verzeihung bittet und nachher mit aufgelösten Haaren stirbt. Ich hatte aber schönes langes blondes Haar, und Arkadij verstand es wunderbar zu frisieren.«

Der Graf war über die unerwartete Bereitwilligkeit des Mädchens, die Rolle zu spielen, sehr erfreut und sagte dem Regisseur, als dieser bestätigte, daß »Ljuba die Rolle nicht verpatzen werde«:

»Wenn sie die Rolle verpatzt, wirst du es mir mit deinem Rücken büßen, ihr aber bringe von mir die Quamarin-Ohrringe.«

Die »Quamarin-Ohrringe« waren ein ebenso schmeichelhaftes wie verhaßtes Geschenk. Ihre Verleihung bedeutete die hohe Ehre, für einen Augenblick zur Odaliske des Grafen erhoben zu werden. Einige Zeit oder auch unmittelbar nach der Verleihung der Ohrringe bekam Arkadij den Auftrag, das zum Opfer auserwählte Mädchen gleich nach der Vorstellung als »heilige Cäcilie« zu kostümieren; das Mädchen wurde ganz weiß gekleidet, bekam den Heiligenschein um den Kopf und eine Lilie, das Symbol der Unschuld, in die Hand und wurde so in die Gemächer des Grafen geschafft.

»Das kannst du in deinem Alter noch nicht verstehen«, sagte die Kinderfrau, »es war aber das Schrecklichste, besonders für mich, denn ich sehnte mich damals nur nach Arkadij. Also begann ich zu weinen. Ich warf die Ohrringe auf den Tisch und konnte mir gar nicht denken, wie ich am Abend spielen würde.«

Um diese selbe Stunde trat auch an Arkadij eine ebenso verhängnisvolle Versuchung heran.

Ein Bruder des Grafen, der immer auf seinem Gute lebte, kam in die Stadt, um sich dem Kaiser vorzustellen. Dieser Bruder war noch viel häßlicher als der andere: er hielt sich ständig auf dem Lande auf, zog nie die Uniform an und ließ sich niemals rasieren, weil sein Gesicht voller Beulen und Höcker war. Bei dieser außergewöhnlichen Gelegenheit mußte er aber die Uniform anlegen, sein Äußeres in Ordnung bringen und jenen »kriegerischen Ausdruck« annehmen, der damals verlangt wurde.

Es wurde aber sehr viel verlangt.

»Heute weiß man gar nicht mehr, wie streng damals alles war«, sagte die Kinderfrau. »In allen Dingen wurde damals viel auf die Form gesehen, und den vornehmen Herren waren wie der Gesichtsausdruck, so auch die Haartracht genau vorgeschrieben. Manchem stand aber dieses vorschriftsmäßige Aussehen gar nicht: wenn man ihn nach der Vorschrift mit dem aufrecht stehenden Schopf über der Stirne und den nach vorne gekämmten Haaren an den Schläfen frisierte, so sah er wie eine Bauern-Balalaika ohne Saiten aus.« Die vornehmen Herren hatten davor große Angst. Alles kam auf die Kunst des Friseurs und Raseurs an: von der Art und Weise, wie die Stege zwischen dem Backenbart und dem Schnurrbart ausrasiert, wie die Locken gebrannt und wie sie angeordnet waren, hing der ganze Gesichtsausdruck ab. Die Herren vom Zivil hatten es, wie die Kinderfrau sagte, viel leichter, denn man schenkte ihnen weniger Beachtung und verlangte von ihnen nur ein bescheidenes Aussehen; von den Militärpersonen verlangte man aber, daß sie den Vorgesetzten gegenüber Bescheidenheit und allen anderen Menschen gegenüber maßlosen Kampfesmut ausdrückten.

Arkadij verstand aber mit seiner wunderbaren Kunst, dem häßlichen und unbedeutenden Gesicht des Grafen eben diesen Ausdruck zu verleihen.

6.

Der ländliche Graf war noch viel häßlicher als der städtische und so furchtbar verwachsen und verroht, daß er es auch selbst fühlte. Er hatte aber niemand, der sein Äußeres in Stand halten könnte: seinen eigenen Friseur hatte er aus lauter Geiz gegen Zins nach Moskau entlassen; auch hatte er so viele Höcker im Gesicht, daß man ihn unmöglich rasieren konnte, ohne ihm die ganze Haut zu zerschinden.

Er kommt also nach Orjol, beruft zu sich alle Barbiere der Stadt und sagt ihnen:

»Wer von euch mich so herrichten kann, daß ich meinem Bruder, dem Grafen Kamenskij gleiche, bekommt zwei Dukaten. Für denjenigen aber, der mich dabei schneidet, lege ich zwei Pistolen auf den Tisch. Wer seine Sache gut macht, kann das Gold nehmen und gehen; wer mir aber auch nur ein Pickelchen verletzt oder den Backenbart auch nur um ein Haar verschneidet, den töte ich auf der Stelle.«

Er wollte den Leuten nur Angst machen, denn die Pistolen waren gar nicht geladen.

In Orjol gab es damals nur sehr wenig Barbiere, und diese hielten sich meistens in den Bädern auf, um Schröpfköpfe und Blutegel anzusetzen, hatten aber weder Geschmack noch Phantasie. Das sahen sie auch selbst ein und weigerten sich, den Grafen Kamenskij umzuwandeln. »Gott sei mit dir und deinem Gold!« dachten sie sich.

»Was Sie von uns verlangen«, sagen sie ihm, »können wir gar nicht machen, denn wir sind nicht wert, eine so erhabene Person auch nur anzurühren. Uns fehlen auch die richtigen Rasiermesser: wir haben nur gewöhnliche russische Messer, für Ihr Gesicht braucht man aber ein englisches. Nur des Grafen Barbier Arkadij allein könnte so was fertig bringen.«

Der Graf läßt die städtischen Barbiere hinauswerfen, und diese sind froh, daß sie mit heiler Haut davongekommen sind. Er selbst aber fährt zu seinem älteren Bruder und sagt:

»Lieber Bruder, ich komme zu dir mit einer großen Bitte: Überlasse mir vor dem Abend deinen Arkadij, damit er mich in einen ordentlichen Zustand bringt. Ich habe mich schon lange nicht rasieren lassen, und die hiesigen Barbiere können das nicht machen.«

Und der Graf antwortet seinem Bruder:

»Die hiesigen Barbiere taugen selbstverständlich zum Teufel. Ich wußte gar nicht, daß es hier welche gibt: ich lasse selbst meine Hunde von eigenen Leuten scheren. Was aber deine Bitte betrifft, so verlangst du von mir etwas Unmögliches; denn ich habe den Eid geleistet, daß Arkadij, so lange ich lebe, keinen Menschen außer mir anrühren wird. Glaubst du denn, daß ich mein Wort vor meinem leibeigenen Sklaven brechen kann?«

Der andere antwortet:

»Warum denn nicht? Du hast es so angeordnet und kannst es auch selbst wieder abschaffen.«

Der ältere Graf sagt aber, daß er diese Ansicht sehr merkwürdig finde:

»Wenn ich das tue, was kann ich dann von meinen Leuten verlangen? Arkadij weiß, daß ich es einmal so festgesetzt habe, und alle wissen es, dafür wird er auch viel besser als die anderen behandelt.

Wenn er sich aber untersteht, seine Kunst auf jemand andern anzuwenden, so muß ich ihn zu Tode prügeln und unter die Rekruten stecken.«

Der Bruder erwidert darauf:

»Du kannst ja nur das eine von beiden tun: ihn entweder zu Tode prügeln oder unter die Rekruten stecken; beides zugleich kannst du gar nicht machen.«

»Gut«, sagt der Ältere, »ich will deinen Wunsch erfüllen. Ich werde ihn aber nicht zu Tode, sondern nur halbtot prügeln und dann unter die Rekruten stecken.«

»Ist das dein letztes Wort, Bruder?«

»Ja, das allerletzte.«

»Ist das dein einziges Bedenken?«

»Ja, das einzige.«

»Dann ist es wunderschön; ich hatte schon geglaubt, daß dein leiblicher Bruder dir weniger wert ist als ein leibeigener Sklave. Du brauchst also deinen Befehl gar nicht aufzuheben, schick mir nur deinen Arkadij, *damit er mir meinen Pudel schert.* Das weitere ist aber schon meine Sache.«

Der Bruder konnte ihm diese Bitte nicht gut abschlagen.

»Gut«, sagte er, »deinen Pudel darf er wohl scheren.«

»Das ist alles, was ich brauche.«

Er drückte dem Bruder die Hand und fuhr heim.

7.

Das war um die Dämmerstunde im Winter, wo man eben die Lampen anzündet.

Der Graf läßt Arkadij kommen und sagt ihm:

»Geh zu meinem Bruder ins Haus und scher ihm seinen Pudel.«

Arkadij fragt:

»Ist das alles, was Sie mir befehlen?«

»Das ist alles«, sagt der Graf. »Komm aber bald zurück, denn du mußt noch die Schauspielerinnen frisieren. Ljuba wird heute in drei Rollen spielen, nach dem Theater sollst du sie mir aber als heilige Cäcilie einkleiden.«

Arkadij Iljitsch fiel beinahe um.

Der Graf fragte:

»Was hast du denn?«

Arkadij aber antwortete:

»Verzeihung, ich bin auf dem Teppich ausgeglitten.«

Der Graf witterte wohl etwas:

»Paß auf, daß es kein Unglück gibt!«

Arkadij war es aber schon so zumute, daß er nicht mehr an Glück und Unglück dachte.

Als er den Befehl hörte, mich als heilige Cäcilie einzukleiden, verging ihm Hören und Sehen. Er nahm das Lederfutteral mit dem Rasierbesteck und ging hinaus.

8.

Er kommt zum Bruder des Grafen. Vor dem Spiegel brennen schon die Kerzen, und auf dem Tische liegen wieder zwei Pistolen und daneben Dukaten, aber nicht zwei, sondern zehn, und die Pistolen sind diesmal mit tscherkessischen Kugeln geladen.

Der Bruder des Grafen sagt:

»Ich habe gar keinen Pudel, verlange von dir aber folgendes: Richte mich so her, daß ich ein mutiges Aussehen bekomme. Du kriegst dafür zehn Dukaten; wenn du mich aber schneidest, bist du auf der Stelle tot.«

Arkadij überlegte sich die Sache und machte sich plötzlich daran, – Gott allein weiß, was über ihn gekommen war, – den Bruder des Grafen zu frisieren und zu rasieren. Im Nu war er mit seiner Arbeit fertig, steckte das Geld in seine Tasche und sagte:

»Leben Sie wohl.«

Jener antwortet:

»Geh! Ich möchte aber nur das eine wissen: wie hast du dich dazu entschließen können?«

Arkadij aber sagt:

»Warum ich mich dazu entschlossen habe, das weiß nur mein Herz in der Brust.«

»Oder bist du vielleicht kugelfest oder kennst irgend einen Zauber, so daß du selbst die Pistolen nicht fürchtest?«

»Die Pistolen sind das wenigste, an die habe ich gar nicht gedacht.«

»Was? Wagtest du denn zu denken, daß das Wort deines Grafen mehr gilt als das meinige und daß ich dich, wenn du mich schneidest, nicht erschieße? Wenn du nicht kugelfest bist, so wärest du auf der Stelle tot.«

Als Arkadij den Namen seines Herrn hörte, fuhr er zusammen und sagte wie aus dem Schlafe:

»Ich bin nicht kugelfest, Gott hat mir aber Vernunft verliehen: noch eh du die Hand nach der Pistole ausstrecktest, hätte ich dir mit dem Rasiermesser die Gurgel durchschnitten.«

Mit diesen Worten stürzt er hinaus und kommt ins Theater noch gerade zur rechten Zeit, um mich herzurichten. Er zittert am ganzen Leibe, und wie er sich über mich beugt, um eine Locke zu wickeln, flüstert er mir zu:

»Hab nur keine Angst, ich werde dich entführen.«

9.

Die Aufführung gelang vortrefflich, denn wir alle waren gut abgerichtet und alle Ängste und alle Marter gewohnt. Wir machten unsere Sache so gut, wie wenn wir aus Stein wären, so daß niemand sehen konnte, wie uns dabei zumute war.

Wir sahen von der Bühne aus den Grafen und seinen Bruder: sie waren einander sehr ähnlich. Selbst als sie hinter die Kulissen kamen, konnte man sie schwer voneinander unterscheiden. Der unsrige war aber auf einmal ganz still und sanft geworden. So war er immer vor seinen grausamsten Wutausbrüchen.

Wir zittern alle und bekreuzigen uns:

»Herr, errette uns und sei uns gnädig! Wen wird diesmal sein Zorn treffen?«

Wir wußten noch nichts von der verzweifelten Tat Arkaschas; er selbst aber wußte natürlich, daß er keine Gnade zu erwarten hatte und erbleichte, als der Bruder des Grafen ihn anblickte und unserm Grafen etwas zuflüsterte: Ich hatte aber scharfe Ohren und hörte, was er ihm sagte:

»Bruder, ich rate dir, nimm dich vor ihm in acht, wenn er dich rasiert.«

Der Unsrige lächelte nur leise.

Ich glaube, daß auch Arkadij etwas gehört hatte, denn er war außer sich vor Aufregung: als er mich für die letzte Rolle der Herzogin herrichtete, legte er mir, – was ihm sonst nie passierte, – so viel Puder an, daß der Franzose, der Garderobier, sagte:

»Trop beaucoup, trop beaucoup!« Und er nahm mit einem Bürstchen den überschüssigen Puder von mir ab.

10.

Als aber die Vorstellung zu Ende war, zog man mir das Kleid der Herzogin von Bourblanc aus und kleidete mich als Cäcilie ein: es war ein einfaches, weißes Gewand ohne Ärmel, das an den Achseln nur von den Schleifen gehalten wurde. Wir konnten diese Tracht nicht ausstehen. Und nun kommt auch schon Arkadij, um mir die Frisur der heiligen Cäcilie zu machen, wie sie auf den Bildern dargestellt wird, und mir einen dünnen Reifen als Heiligenschein im Haare zu befestigen. Und er sieht, daß vor der Türe meiner Kammer sechs Mann stehen. Diese sollten ihn, sobald er mit mir fertig ist und aus meiner Kammer wieder herauskommt, ergreifen und zum Foltern schleppen. Es gab bei uns im Hause Foltern, die schlimmer als jeder Tod waren. Es gab da Wippen, Spannböcke und die fürchterlichsten Instrumente. Wer das einmal durchgemacht, hatte vor gerichtlichen Strafen gar keinen Respekt mehr. Unter dem ganzen Hause gab es geheime Verliese, wo lebendige Menschen wie die Bären an Ketten saßen. Wenn man vorbeikam, hörte man zuweilen die Ketten klirren und die Menschen stöhnen. Die Eingekerkerten wollten wohl, daß die Obrigkeit etwas davon erführe; die Obrigkeit wagte aber nicht, für sie einzutreten. Viele Leute saßen hier lebenslänglich. Einer von ihnen verfaßte, nachdem er viele Jahre gesessen hatte, den Vers:

> Es kommen die Schlangen und fressen die Augen,
> Und Skorpione das Blut aus den Adern saugen.

Wenn man an den Kellern vorbeigeht, flüstert man den Vers vor sich hin und zittert am ganzen Leibe.

Manche waren aber neben lebendigen Bären so angekettet, daß diese sie gerade noch mit den Tatzen berühren konnten.

Es gelang ihnen aber nicht, Arkadij Iljitsch zum Foltern zu holen: als er zu mir in die Kammer trat, packte er im gleichen Augenblick den Tisch, schlug das Fenster ein, und was weiter geschah, weiß ich nicht mehr ...

Ich kam zum Bewußtsein, als ich Kälte in den Füßen fühlte. Ich will die Beine einziehen und merke, daß ich in einen Pelz aus Wolfs- und Bärenfell eingewickelt bin. Um mich herum ist es stockfinster, und ich rase auf einer Troika dahin ... Ich weiß gar nicht, wohin. Neben mir sitzen aber im breiten Schlitten zwei Männer: der eine – es ist Arkadij Iljitsch – hält mich fest, der andere aber treibt die Pferde an ... Der Schnee sprüht nur so unter den Hufen der Pferde empor, und der Schlitten schüttelt mächtig: wenn wir nicht auf dem Boden des Schlittens säßen und uns nicht mit den Händen festhielten, so wären wir längst hinausgeflogen.

Und ich höre sie ängstlich miteinander reden und verstehe nur das eine: »Man setzt uns nach! Jage, was du jagen kannst!«

Wie Arkadij Iljitsch sieht, daß ich zum Bewußtsein gekomken bin, beugt er sich über mich und sagt:

»Ljuba, mein Täubchen! Man jagt uns nach, bist du bereit zu sterben, wenn sie uns einholen?«

Ich antworte, daß ich mit Freuden sterben werde.

Er hoffte, nach der türkischen Stadt Rustschuk zu entkommen, wohin schon viele von unseren Leuten vor dem Grafen Kamenskij geflohen waren.

Wir sausten plötzlich über eine Brücke, in der Ferne tauchte etwas wie eine menschliche Behausung auf, und wir hörten Hundegebell. Der Kutscher hieb tüchtig auf die Pferde ein, warf plötzlich den Schlitten um, Arkadij und ich fielen in den Schnee hinaus, der Schlitten, die Pferde und der Kutscher waren aber im Nu verschwunden.

Arkadij sagt:

»Fürchte nichts, so muß es sein, denn ich kenne den Kutscher, der uns gefahren hat, nicht, und er kennt uns nicht. Er hat es für drei Dukaten übernommen, dich zu entführen, und muß jetzt an die Rettung seiner eigenen Seele denken. Wir sind in Gottes Hand: da ist das Dorf Ssuchaja-Orliza, und hier wohnt ein kühner Pope, der die gewagtesten Ehen traut und der schon vielen von unseren Leuten zu Flucht verholfen hat. Wir geben ihm ein Geschenk, er wird uns die Nacht über bei sich behalten und morgen trauen; am Abend wird aber der gleiche Kutscher wieder kommen, und wir werden uns davonmachen.«

11.

Wir klopfen an und treten in den Flur. Der Pope selbst läßt uns ein, – er ist ein kleiner, alter Mann, und vorne fehlt ihm ein Zahn. Seine alte Frau macht Licht. Wir stürzen ihnen zu Füßen:
»Rettet uns, laßt uns in die warme Stube ein und versteckt uns bis morgen Abend!«
Der Pope fragt:
»Habt ihr was gestohlen, oder seid ihr einfach durchgebrannt?«
»Nichts haben wir gestohlen; wir sind auf der Flucht vor dem grausamen Grafen Kamenskij und wollen nach der türkischen Stadt Rustschuk, wo nicht wenige von unsern Leuten wohnen. Man wird uns nicht finden, wir haben aber Geld bei uns und wollen Ihnen für das Übernachten einen goldenen Dukaten geben und für das Trauen – drei Dukaten. Wenn Sie es können, trauen Sie uns, sonst werden wir uns in Rustschuk trauen lassen.«
Und jener antwortet:
»Warum sollte ich es nicht können? Ich kann es sehr wohl. Was braucht ihr euer Geld nach Rustschuk zu schleppen? Gebt mir für alles zusammen fünf Dukaten, und ich werde euch gleich hier zusammenkoppeln.«
Arkadij gab ihm die fünf Dukaten, und ich nahm mir die Quamarin-Ohrringe ab und gab sie der Popenfrau.
Der Pope nahm das Geld und sagte:
»Ach, meine Lieben, ich habe schon ganz andere Paare getraut, es ist aber nicht gut, daß ihr von des Grafen Leuten seid. Und wenn ich auch Pope bin, so habe ich doch Angst vor seiner Grausamkeit. Aber ich will es schon machen, komme, was kommen mag. Gebt mir noch einen Dukaten, und wenn auch einen beschnittenen, dazu und versteckt euch.«
Arkadij gibt ihm den sechsten Dukaten, sogar einen guten, und er sagt zu seiner Popenfrau:
»Alte, was stehst du noch da? Gib der Entlaufenen irgendeinen Rock und eine Jacke, denn es ist ein Schande, sie anzuschauen – sie ist ja

nackt.« Dann wollte er uns in die Kirche führen und in den Kasten mit Kirchengewändern verstecken. Kaum hatte aber die Popenfrau begonnen, mich hinter dem Vorhang umzukleiden, als an die Türe geklopft wurde.

12.

Uns beiden standen die Herzen still. Der Pope aber flüstert Arkadij zu:

»Mein Lieber, in den Kasten mit den Kirchengewändern werdet ihr ja jetzt nicht mehr kommen können, schlüpfe aber unter das Federbett.«

Und zu mir spricht er:

»Und du, meine Liebe, komm einmal her.«

Er stellt mich ins Gehäuse der großen Standuhr, sperrte es zu und steckte den Schlüssel in die Tasche. Und dann geht er die Tür aufmachen. Ich höre, daß es viele Menschen sind. Die einen stehen in der Türe, und zweie schauen von außen durchs Fenster herein.

Sieben Mann von den Jägern des Grafen kommen in die Stube; alle haben Mordwaffen und Peitschen in der Hand und Stricke im Gürtel; der achte im langen Wolfspelz und hoher Mütze ist aber der Haushofmeister.

Das Uhrgehäuse, in dem ich stand, war vorne wie ein Gitter durchbrochen und mit altem Tüll bespannt. Durch diesen Tüll konnte ich alles sehen.

Der alte Pope merkt wohl, daß die Sache schlimm steht: er zittert vor dem Haushofmeister, bekreuzigt sich in einemfort und stammelt:

»Ach, meine Lieben, meine Lieben! Ich weiß wohl, was ihr hier sucht, ich stehe vor dem durchlauchtigsten Grafen unschuldig da! Ich bin unschuldig, bei Gott, unschuldig!«

Während er sich aber bekreuzigt, zeigt er immer mit den Fingern über die linke Schulter auf das Uhrgehäuse, in dem ich eingesperrt bin.

›Ich bin verloren!‹ denke ich mir, wie ich diesen Zauber sehe.

Auch der Haushofmeister verstand den Wink und sagte:

»Uns ist alles bekannt. Gib mal den Schlüssel von dieser Uhr her.«

Der Pope begann wieder mit den Händen zu fuchteln:

»Ach, meine Lieben! Verzeiht, straft mich nicht, ich habe vergessen, wo ich den Schlüssel habe, bei Gott, ich habe es vergessen!«

Und dabei fährt er sich immer mit der Hand über die Tasche.

Der Haushofmeister merkte auch diesen Zauber. Er nahm ihm den Schlüssel aus der Tasche und holte mich aus der Uhr heraus.

»Komm mal heraus, Täubchen«, sagt er mir, »der Täuberich wird sich schon von selbst melden.«

Arkascha meldet sich auch gleich: er wirft das Popenbett von sich und spricht:

»Es ist wohl nichts zu machen, ihr habt gewonnen. Nun könnt ihr mich wieder zurückbringen und den Folterknechten überliefern. Sie aber ist unschuldig: ich habe sie mit Gewalt entführt.«

Dann wendet er sich zum Popen um und spuckt ihm nur ins Gesicht.

Jener aber sagt:

»Meine Lieben, seht ihr, wie er mein Priesteramt und meine Treue beschimpft? Meldet es doch dem durchlauchtigsten Grafen!«

Der Haushofmeister antwortet:

»Hab nur keine Angst: alles wird ihm angerechnet werden!« Und er gibt seinen Leuten den Befehl, mich und Arkadij hinauszuführen.

Wir setzten uns in drei Schlitten: in den vorderen Schlitten kam der gebundene Arkadij mit den Jägern; mich setzte man unter der gleichen Bewachung in den letzten Schlitten, und die Übrigen fuhren in der Mitte.

Als das Volk uns so fahren sah, machte es Platz: alle glaubten, daß es ein Hochzeitszug sei.

13.

Wir waren sehr bald wieder zu Hause. Als wir in den Hof einfuhren, war vom ersten Schlitten, auf dem man Arkadij gebracht hatte, nichts mehr zu sehen. Man sperrte mich in meine alte Kammer und nahm mich ins Verhör: wie lange ich mit Arkadij allein gewesen sei?

Ich sage ihnen:

»Auch nicht einen Augenblick!«

Das war mir wohl schon so vom Himmel beschieden, daß mich nicht der Geliebte, sondern der Verhaßte bekam. Diesem Schicksal entging ich nicht. Als ich in meine Kammer zurückkehrte und den Kopf in die Kissen vergrub, um mein Unglück zu beweinen, hörte ich von unten furchtbares Stöhnen.

Bei uns war das so eingerichtet: wir Mädchen wohnten im ersten Stock des hölzernen Hauses, unten war aber ein großes, hohes Zimmer, in dem wir singen und tanzen lernten. Oben konnte man alles, was unten vorging, hören. Und der Fürst der Hölle, Satanas, gab den Grausamen den Gedanken ein, Arkadij gerade unter meiner Kammer zu foltern.

Als ich hörte, wie man ihn peinigte, stürzte ich zur Türe, um zu ihm zu laufen ... Die Türe war aber verschlossen ... Ich wußte selbst nicht, was ich tun wollte ... und ich fiel hin ... Auf dem Boden ist aber alles noch viel deutlicher zu hören ... Und ich habe keinen Nagel und kein Messer, ich habe gar nichts, um mich zu töten ... Und ich nahm meinen Zopf, und wickelte ihn mir um den Hals, und ich drehte ihn mir um den Hals, und ich drehte ihn immer fester zusammen ... Zuletzt hörte ich nur ein Klingen in den Ohren und sah Kreise vor den Augen, und alles erstarb in mir ... Und als ich zum Bewußtsein kam, sah ich mich an einem Ort, den ich gar nicht kannte, in einer großen hellen Stube ... Kälber waren um mich her, viele Kälber, mehr als zehn Stück ... So freundlich waren sie: das eine nach dem andern kam auf mich zu, schnupperte mit kalten Lippen an meiner Hand, glaubte wohl, das Euter der Mutter zu saugen ... Ich war auch darum erwacht, weil das so kitzelte ... Ich sehe mich um und frage mich: wo bin ich? Und ich sehe: eine ältere große Frau kommt herein, ist ganz in blaue Leinwand gekleidet, hat ein sauberes Tuch um den Kopf, und das Gesicht ist so freundlich und liebevoll.

Wie die Frau sieht, daß ich zum Bewußtsein gekommen bin, fängt sie freundlich zu sprechen an und erzählt mir, daß ich mich im Kälberstall am Grafenhause befinde ... Siehst du, dort stand dieser Stall – erklärte Ljubow Onissimowna, mit der Hand auf den entferntesten Winkel des halbzerfallenen Bretterzaunes zeigend.

14.

Man hatte sie auf den Viehhof gebracht, weil man glaubte, sie sei verrückt geworden. Geisteskranke Leibeigene, die zum Vieh herabgesunken waren, pflegte man »zwecks Prüfung« auf den Viehhof zu schaffen, denn die Viehwärter, lauter ältere und solide Leute, galten als berufen, Geisteskranke zu beobachten.

Die Frau in blauer Leinwand, bei der Ljubow Onissimowna zu sich kam, hieß Drossida und war sehr gutherzig.

Am Abend – fuhr die Kinderfrau fort – machte sie mir ein Lager aus frischem Haferstroh. Sie zerfaserte es, so daß es so weich wie Daunen war, und sagte mir: »Ich will dir alles eröffnen, Mädchen, komme was kommen mag. Ich bin aber ebenso wie du und habe nicht immer diese blaue Leinwand getragen. Auch ich habe schon ein anderes Leben gesehen. Ich mag daran gar nicht zurückdenken, dir will ich aber nur dieses sagen: Gräme dich nicht, daß du auf den Viehhof verbannt worden bist, in der Verbannung ist es viel besser, nimm dich aber vor diesem schrecklichen Placon in acht ...«

Und sie holt aus dem Busentuch ein weißes Fläschchen und zeigt es mir.

Ich frage:

»Was ist das?«

Und sie antwortet:

»Trink es nicht: es ist Schnaps. Ich habe mich einmal nicht beherrschen können ... gute Menschen hatten es mir gegeben ... Jetzt kann ich ohne den Placon gar nicht leben ... Du aber enthalte dich, solange du kannst, und verurteile mich nicht, wenn ich ein wenig davon sauge, denn es ist mir gar zu weh ums Herz. Du sollst aber noch einen Trost im Leben erfahren: Gott hat *ihn* schon von der Tyrannei erlöst ...«

Ich schrie auf: »Er ist tot!« und griff mich an die Haare. Ich erkenne meine Haare nicht: ganz weiß sind sie geworden ... Was ist das?

Und sie sagt mir:

»Erschrecke nicht, deine Haare sind dort, als man dich aus deinem Zopf befreite, weiß geworden; er aber lebt und ist von der Tyrannei erlöst: der Graf hat ihm eine Gnade erwiesen, die noch niemand erlebt hat. Wenn die Nacht kommt, werde ich dir alles erzählen, jetzt will ich noch ein wenig an meinem Placon saugen ... Das Herz brennt mir so ...«

Und sie sog solange daran, bis sie einschlief.

Nachts aber, als alle schon schliefen, stand Tantchen Drossida wieder auf, ging, ohne Licht zu machen, ans Fenster, sog wieder am Placon, versteckte ihn und fragte mich leise:

»Schläft der Gram oder schläft er nicht?«

Und ich antwortete:

»Der Gram schläft nicht.«

Sie kam an mein Bett und erzählte mir, daß der Graf den Arkadij nach der Züchtigung zu sich berufen und ihm gesagt habe:

»Du mußtest alles durchmachen, was ich für dich festgesetzt hatte. Da du mein Favorit warst, werde ich dir meine Gnade erweisen: morgen stecke ich dich unter die Soldaten. Da du aber meinen Bruder, den durchlauchtigsten Grafen, trotz seiner Pistolen nicht gefürchtet hast, will ich dir den Weg der Ehre eröffnen, – ich will nicht, daß du tiefer als auf der Stufe stehst, auf die du dich selbst mit deinem edlen Geiste gestellt hast. Ich will einen Brief schreiben, daß man dich sofort in den Krieg schickt, und du wirst nicht als gewöhnlicher Soldat, sondern als Sergeant kämpfen. Zeige nun deinen Mut. Und du stehst jetzt nicht mehr unter meinem Willen, sondern unter dem Willen des Zaren.«

»Jetzt hat er es leichter«, sagte Tantchen Drossida, »und hat nichts zu fürchten: jetzt droht ihm nur eine Gefahr: in der Schlacht zu fallen; die Tyrannei des Grafen ist er aber los.«

Ich glaubte ihr jedes Wort und träumte drei Jahre lang jede Nacht von Arkadij Iljitsch, wie er kämpfte.

So vergingen die drei Jahre, und Gott war mir gnädig: man schickte mich nicht mehr ans Theater, sondern ließ mich bei der Tante Drossida im Kälberstall als ihre Gehilfin. Hier hatte ich es gut, und die Frau tat mir sehr leid. Wenn sie nicht allzuviel getrunken hatte, erzählte sie mir nachts Geschichten, und ich hörte ihr gerne zu. Sie konnte sich noch erinnern, wie der alte Graf von seinen eigenen Leuten erstochen worden war. Sein Kammerdiener war der Haupttäter gewesen, – die Leute hatten seine Grausamkeit einfach nicht länger ertragen können. Ich trank aber noch immer nicht und tat mit großer Freude die Arbeit für Tantchen Drossida: die Kälbchen waren mir wie Kinder. Ich hatte sie so lieb, daß, wenn man eines aus dem Stalle nahm, um es für den gräflichen Tisch zu schlachten, ich es beim Abschied bekreuzigte und dann drei Tage lang beweinte. Fürs Theater taugte ich nicht mehr, denn ich konnte nicht mehr richtig die Beine bewegen. Einst hatte ich einen wunderschönen leichten Gang; auf der Flucht mit Arkadij Iljitsch hatte ich mir wohl die Füße erkältet und hatte nicht mehr die einstige Kraft in den Spitzen. Ich kleidete mich in die gleiche blaue

Leinwand wie Drossida, und Gott allein weiß, wie ich mein Leben beschlossen hätte. Aber eines Abends bei Sonnenuntergang, wie ich in der Stube sitze und Garn aufwickele, fliegt zum Fenster ein Steinchen herein, und das Steinchen ist in ein Papier eingeschlagen.

15.

Ich schaue hin, ich schaue her, blicke zum Fenster hinaus, – niemand ist da.

»Jemand hat wohl den Stein aus der freien Welt hereingeworfen«, denke ich mir, »hat aber aus Versehen unser Fenster getroffen.« Und ich frage mich: »Soll ich das Papier aufmachen oder nicht?« Es ist wohl besser, daß ich es aufmache, denn es ist sicher etwas darauf geschrieben. Vielleicht eine wichtige Nachricht. Ich kann das Geheimnis für mich behalten und den Stein mit dem Zettel demjenigen zuwerfen, für den er bestimmt ist.

Ich mache das Papier auf, beginne zu lesen, und traue meinen Augen nicht …

16.

Und ich lese:

»Meine treue Ljuba! Ich war im Kriege, habe für meinen Kaiser gefochten, habe mehr als einmal mein Blut vergossen und bin dafür mit dem Offiziersrang und dem Adel belohnt worden. Jetzt habe ich Urlaub zur Heilung meiner Wunden bekommen und wohne im Gasthof in der Kanonier-Vorstadt. Morgen lege ich alle meine Orden und Kreuze an, gehe zum Grafen, gebe ihm mein ganzes Geld, die fünfhundert Rubel, die man mir zur Heilung meiner Wunden gegeben hat, und bitte ihn, dich freizulassen, in der Hoffnung, daß wir uns nun vor dem Altar des Höchsten trauen lassen können.«

– Und weiter hieß es in dem Briefe, – fuhr Ljubow Onissimowna mit unterdrückter Erregung fort: »Was aber die Schmach betrifft, die Sie über sich ergehen lassen mußten, so halte ich sie für ein bloßes Unglück und rechne sie Ihnen nicht als Sünde und Schwäche an. Gott allein mag Sie richten, ich aber empfinde Ihnen gegenüber nur Achtung.« Und der Brief ist unterschrieben: »Arkadij Iljin.«

Ljubow Onissimowna verbrannte den Brief sofort im Ofen, sagte keinem Menschen etwas davon, selbst der Alten nicht, und betete die ganze Nacht zu Gott. Sie betete aber nicht für sich, sondern nur für ihn: er war zwar Offizier, mit Wunden und Ehrenzeichen bedeckt, sie konnte sich aber gar nicht denken, daß der Graf ihn anders behandeln würde, als früher.

Sie fürchtete einfach, daß man ihn schlagen würde.

17.

Am nächsten Morgen führte Ljubow Onissimowna die Kälbchen in aller Frühe in die Sonne und gab ihnen Milch und eingeweichte Brotrinden. Plötzlich hörte sie draußen, hinter dem Zaune, »in der Freiheit« viele Menschen rennen und laut sprechen.

– Was sie sprachen, – erzählte sie, – hörte ich nicht, aber ihre Worte schnitten mich wie Messer ins Herz. Der Mistführer Philipp kam gerade in den Hof gefahren, und ich fragte ihn:

»Filjuschka, Väterchen, hast du nicht gehört, worüber die Leute draußen sprechen?«

Und er antwortet:

»Sie gehen in die Kanonier-Vorstadt, wo in dieser Nacht der Gastwirt einen schlafenden Offizier erstochen hat. Er hat ihm die Kehle durchschnitten und fünfhundert Rubel von ihm geraubt. Man hat ihn schon ergriffen, er war ganz blutig und hatte noch das ganze Geld bei sich.«

Und wie er mir das sagt, falle ich wie tot zu Boden ...

So war es auch: der Wirt hatte meinen Arkadij Iljitsch erstochen ... und man beerdigte ihn hier, in diesem selben Grabe, auf dem wir jetzt sitzen ... Er liegt jetzt unter uns, in dieser Erde ... Darum führe ich ja euch immer hierher spazieren ... Ich habe gar keine Lust, dorthin zu schauen (sie zeigte mit der Hand auf die morschen Ruinen des Grafenhauses), möchte nur hier in seiner Nähe sitzen und ... einen Tropfen zu seinem Gedächtnis trinken ...

18.

Ljubow Onissimowna hielt inne – sie war wohl mit ihrer Erzählung zu Ende – und holte aus der Tasche das Fläschchen und sog daran. Ich aber fragte sie:

»Wer hat denn den berühmten Toupetkünstler hier beerdigt?«

»Der Gouverneur, mein Liebling, der Gouverneur war selbst bei der Beerdigung dabei. Wie denn sonst? Er war doch Offizier, und der Geistliche und der Diakon nannten ihn bei der Totenmesse ›der Edle Arkadij‹. Und als man den Sarg ins Grab versenkte, gaben die Soldaten blinde Schüsse in die Luft ab. Der Gastwirt wurde aber übers Jahr auf dem Iljinka-Platze vom Henker mit der Knute bestraft. Dreiundvierzig Knutenhiebe bekam er wegen Arkadij Iljitsch, blieb aber am Leben und kam mit gebrandmarktem Gesicht nach Sibirien. Alle unsere Leute, die gerade frei hatten, liefen hin, um zuzuschauen, und die Alten, die sich noch erinnerten, wie man den Mörder des alten Grafen bestraft hatte, sagten, daß dreiundvierzig Schläge viel zu wenig waren: Arkascha war eben von einfacher Abstammung; für den Grafen hatte man aber hundertundeinen Schlag gegeben. Nach dem Gesetz darf man ja keine gerade Zahl von Schlägen geben, es muß immer eine ungerade Zahl sein. Damals hatte man sich einen Henker aus Tula kommen lassen und ihm vorher drei Glas Rum zu trinken gegeben. Er hatte die ersten hundert Schläge nur zur Peinigung gegeben, so daß der Verbrecher immer noch am Leben blieb; mit dem hundertsten Schlag zerschmetterte er ihm aber das Rückgrat. Als man ihn vom Brette aufhob, war er schon halbtot ... Man deckte ihn mit einer Bastdecke zu und wollte ihn ins Zuchthaus bringen ... Unterwegs gab er den Geist auf. Der Henker aus Tula schrie aber noch: ›Gebt mir noch jemand her, alle Leute von Orjol will ich totschlagen!‹«

»Nun, waren Sie auch selbst bei der Beerdigung?«

»Gewiß, wir alle waren dabei: der Graf hatte befohlen, daß man alle Leute vom Theater hinführt, damit sie sehen, wie weit es einer von den unsrigen bringen kann.«

»Haben Sie ihn auch im Sarge liegen sehen?«

»Gewiß! Alle gingen zum Sarge und nahmen von ihm Abschied ... Auch ich ging hin ... Er war so verändert, daß ich ihn gar nicht wiedererkannt hätte. So blaß und mager war er, – die Leute sagten, er hätte sein ganzes Blut verloren, weil ihn der Mörder um Mitternacht erstochen hat ... So viel Blut hat er verloren ...«

Sie hielt inne und wurde nachdenklich.

»Und Sie«, fragte ich, »wie haben Sie es überstanden?«

Sie erwachte gleichsam aus ihren Träumen und fuhr sich mit der Hand über die Stirn.

»Wie es mir anfangs zumute war, weiß ich nicht mehr, ich weiß auch nicht, wie ich nach Hause kam ... Ich ging ja mit allen zusammen vom Friedhof fort, also hat mich wohl jemand geführt ... Am Abend sagte mir aber Drossida Petrowna:

›So geht es nicht, du schläfst nicht und liegst wie ein Stein da. Das ist nicht gut! Du mußt weinen, damit das Herz einen Ausfluß hat.‹

Ich sage ihr drauf:

›Ich kann nicht weinen, Tantchen, – mein Herz brennt wie eine Kohle und hat keinen Ausfluß.‹

Und sie antwortet:

›Also kannst du dem Placon nicht mehr entgehen.‹

Sie schenkte mir aus ihrem Fläschchen ein und sagte:

›Bisher habe ich dich davon zurückgehalten und es dir abgeraten. Jetzt ist aber nichts mehr zu machen: sauge daran und lösche die Kohle.‹

Ich ihr drauf: ›Ich habe keine Lust.‹

›Närrchen‹, sagt sie mir, ›kein Mensch hat anfangs Lust dazu. Der Gram ist bitter, und das Gift ist noch bitterer. Wenn man die Kohle mit diesem Gift begießt, erlischt sie für eine Weile. Saug schnell daran!‹

Ich trank den ganzen Placon auf einmal aus. Es war mir widerlich, ich konnte aber anders nicht einschlafen. Und so war es auch in der nächsten Nacht ... Heute kann ich ohne ihn nicht mehr auskommen. Habe mir selbst einen Placon angeschafft und kaufe mir Schnaps ... Und du, liebes Kind, sag der Mama nichts davon: du sollst die einfachen Menschen niemals verraten, du sollst mit ihnen Mitleid haben, denn sie sind alle Dulder. Und wenn wir jetzt nach Hause gehen, werde ich gleich an der Ecke ans Fenster der Schenke klopfen ... Wir werden nicht hineingehen, ich werde nur den leeren Placon abgeben, und man wird mir einen neuen durchs Fenster reichen.«

Ich war gerührt und versprach ihr, keinem Menschen von ihrem Placon zu erzählen.

»Ich danke dir, Lieber, – sag es niemand: denn ich muß ihn haben.«

Ich sehe sie auch heute noch vor mir: jede Nacht, wenn alle im Hause schlafen, steht sie von ihrem Bette auf, so leise, daß kein Knöchelchen knackt, sie lauscht und schleicht auf ihren langen erkälteten Beinen zum Fenster ... Sie steht eine Weile da, sieht sich um und lauscht wieder, ob meine Mutter nicht aus dem Schlafzimmer kommt; dann höre ich den Hals des »Placons« gegen ihre Zähne klappern ... Sie nimmt einen Schluck, einen zweiten und einen dritten ... So hat sie die Kohle für eine Zeitlang gelöscht und eine Totenfeier für ihren Arkascha abgehalten. Und dann schlüpft sie wieder unter die Decke, und ich höre sie nur leise mit der Nase pfeifen. Sie schläft!

Eine schrecklichere und herzzerreißendere Totenfeier habe ich noch nicht erlebt.

Anläßlich der Kreutzersonate

Aus dem Nachlaß

»Jedes Mädchen steht moralisch höher als der Mann, weil es unvergleichlich reiner ist. Ein Mädchen, das geheiratet hat, steht immer höher als sein Mann. Sie steht höher als er, als Mädchen und auch als Frau in unserm Leben.«

L. Tolstoi

1.

Man begrub Fjodor Michailowitsch Dostojewskij. Das Wetter war rauh und trübe. Ich fühlte mich an diesem Tage krank und vermochte dem Sarg nur mit Mühe bis zum Tor des Newskij-Klosters zu folgen. Vor dem Tor herrschte ein großes Gedränge. In der Menge hörte man Stöhnen und Schreien. Auf einer Erhöhung erschien der Dramendichter Awerkijew und schrie irgend etwas. Er hatte eine laute Stimme, aber man konnte seine Worte nicht verstehen. Die einen sagten, er wolle Ordnung schaffen, und lobten ihn dafür, die anderen ärgerten sich über ihn. Ich war unter denen, die keinen Einlaß gefunden hatten, und da ich keinen Sinn sah, noch länger hier zu bleiben, ging ich nach Hause, trank heißen Tee und schlief ein. Von der Kälte und den verschiedenartigen Eindrücken fühlte ich mich sehr müde. Ich schlief lange und so fest, daß ich zum Mittagessen nicht aufstand. So kam ich an jenem Tag nicht dazu, zu Mittag zu essen, weil zu der Summe verschiedenartiger Eindrücke noch ein neuer, unerwarteter hinzu kam, der mich äußerst erregte.

In der späten Dämmerung weckte mich mein Mädchen und sagte, daß eine unbekannte Dame gekommen sei, die nicht weggehen wolle und beharrlich bitte, ich möge sie empfangen. Damenbesuche bei unsereinem, einem bejahrten Schriftsteller, sind eine ganz gewöhnliche Sache. Zahlreiche Damen und Mädchen kommen zu uns, um sich mit uns über ihre literarischen Versuche zu beraten oder uns um unsere Unterstützung beim Unterbringen ihrer Erzeugnisse bei ihnen unbekannten Redaktionen zu bitten. Deshalb kamen mir der Besuch der

Dame und ihre Hartnäckigkeit durchaus nicht erstaunlich vor. Wenn das Leid groß ist und die Not nicht weichen will, ist es nicht verwunderlich, wenn man hartnäckig wird.

Ich sagte dem Mädchen, sie solle die Dame ins Arbeitszimmer bitten, und machte mich zurecht. Als ich mein Kabinett betrat, brannte auf dem großen Tisch die Arbeitslampe. Ihr heller Schein beleuchtete nur ihn und ließ das Zimmer im Halbdunkel. Die unbekannte Dame, die mich diesmal besuchte, war mir in der Tat nicht bekannt.

Als ich sie genauer betrachtete und sie bitten wollte, im Sessel Platz zu nehmen, schien es mir, als wiche sie den erleuchteten Zimmerstellen aus und trachte danach, im Schatten zu bleiben. Das kam mir sonderbar vor. Auf solche Weise zieren und genieren sich manchmal schüchterne, ungewandte Leute, aber am sonderbarsten erschien mir die bevorzugte gesellschaftliche Stellung der Dame, die sich mir irgendwie fühlbar mitteilte. Sie war entzückend gekleidet, ganz einfach, aber alles an ihr war kostspielig und elegant: der reizende Plüschmantel, den sie nicht im Vorzimmer abgelegt hatte und während unseres ganzen Gespräches anbehielt; das elegante schwarze Hütchen, anscheinend kein russisches Erzeugnis, sondern Pariser Modell; der hinten geknotete schwarze Schleier, durch dessen doppeltes Netz ich nur das weiße, runde Kinn und manchmal das Aufleuchten der Augen sehen konnte. Statt mir ihren Namen und den Zweck ihres Besuches zu sagen, begann sie mit folgenden Worten: »Darf ich darauf rechnen, daß Sie sich für meinen Namen nicht interessieren werden?«

Ich antwortete ihr, daß sie durchaus darauf rechnen dürfe. Darauf bat sie, ich möchte mich auf den Stuhl vor der Lampe setzen, und schob dann ungeniert den grünen Taftschirm so zurecht, daß das ganze Licht auf mich fiel und ihr Gesicht im Schatten blieb.

Dann setzte sie sich an das andere Ende des Tisches und fragte von neuem: »Sie haben keine Familie?«

Ich antwortete, sie irre sich nicht, ich sei alleinstehend.

»Kann ich ganz offen mit Ihnen sprechen?«

Ich antwortete, daß ich keinen Grund sähe, der sie hindern könnte, zu sprechen, wie es ihr beliebe, wenn sie Vertrauen zu mir habe.

»Wir sind hier allein?« – »Ganz allein!«

Die Dame stand auf und machte zwei Schritte in der Richtung des Zimmers, in dem sich meine Bibliothek befand und hinter dem mein Schlafzimmer lag. In der Bibliothek brannte eine matte Lampe, bei deren Schein man das ganze Zimmer überschauen konnte. Ich rührte mich nicht von der Stelle, sagte aber zur Beruhigung der Dame, sie sähe doch selbst, daß bei mir niemand sei, außer der Bedienung und einer kleinen Waise, die bei ihren Erwägungen keinerlei Rolle spielen könnten. Hierauf setzte sie sich von neuem auf ihren Platz, rückte wieder an dem grünen Schirm und sagte: »Sie entschuldigen mich, ich bin in großer Erregung, und mein Benehmen mag sonderbar erscheinen, aber haben Sie Mitleid mit mir!«

Ihre Hand, die sie wieder zum Taftschirm der Lampe erhoben hatte, stak in einem schwarzen Glacéhandschuh und zitterte heftig.

Statt zu antworten, bot ich ihr Wasser an. Sie hielt mich zurück und sagte: »Es ist nicht nötig, ich bin nicht so nervös, ich bin zu Ihnen gekommen, weil dieses Begräbnis, diese Menschenketten ..., dieser Mensch, der auf mich einen so außergewöhnlich starken, zwingenden Eindruck gemacht hat, dieses Gesicht und die Erinnerung an all das, was ich zweimal im Leben erzählen mußte, alle meine Gedanken verwirrt haben. Wundern Sie sich nicht, daß ich zu Ihnen gekommen bin. Ich werde Ihnen erzählen, warum ich es getan habe; es macht nichts, daß wir einander nicht kennen: Ich habe viel von Ihnen gelesen, und vieles war mir so sympathisch, so verwandt, daß ich es mir nicht versagen kann, mit Ihnen zu sprechen. Vielleicht ist das, was ich vorhabe, eine ganz große Dummheit. Ich will Sie vorher fragen, und Sie müssen mir aufrichtig antworten. Was Sie mir raten, das werde ich tun.«

Ihre tiefe Altstimme bebte, und ihre Hände, für die sie keinen Platz fand, zitterten.

2.

Besuche und Anliegen dieser Art waren im Laufe meines literarischen Lebens zwar nicht gerade häufig, kamen aber doch vor.

Am häufigsten waren es Menschen mit politischem Temperament, die ziemlich schwer zu beruhigen sind und denen zu helfen doppelt riskant und unangenehm ist, um so mehr, als man in solchen Fällen fast nie weiß, mit wem man es zu tun hat. Auch diesmal ging mir zuerst durch den Kopf, die Dame möge von politischen Leidenschaften umstürmt sein und habe irgend etwas vor, was sie unglücklicherweise mir anvertrauen wolle. Die Einleitung klang ganz danach, und darum sagte ich unangenehm berührt: »Ich weiß nicht, worüber Sie sprechen werden. Ich wage nicht, Ihnen etwas zu versprechen, aber wenn Sie Ihre Gefühle hergeführt haben, in dem Vertrauen, das Ihnen mein Leben und mein Ruf einflößen, so werde ich keinenfalls Mißbrauch davon machen, was Sie mir anscheinend als Geheimnis anvertrauen wollen.«

»Ja«, sagte sie, »als Geheimnis, als absolutes Geheimnis, und ich bin überzeugt, daß Sie es für sich behalten werden. Ich brauche Ihnen nicht zu wiederholen, warum es geheim bleiben muß. Ich weiß, daß Sie es fühlen, ich kann mich nicht täuschen; Ihr Gesicht sagt es mir deutlicher als alle Worte, und außerdem habe ich keine andere Wahl. Ich wiederhole Ihnen, daß ich bereit bin, eine Handlung zu begehen, die mir in diesem Augenblick ehrenhaft erscheint, und doch gleich wieder als eine Taktlosigkeit: Die Wahl muß sofort getroffen werden, in diesem Augenblick, sie hängt von Ihnen ab.«

Ich zweifelte nicht, daß nun ein politisches Geständnis folgen würde, und sagte unwillig: »Ich höre zu.«

Trotz des doppelten Schleiers fühlte ich den aufmerksamen Blick meines Gastes auf mir ruhen, sie sah mich unverwandt an und sagte fest: »Ich bin eine ungetreue Frau! Ich betrüge meinen Mann.«

Zu meiner Schande muß ich gestehen, daß mir bei diesem Geständnis eine schwere Last vom Herzen fiel; von Politik war anscheinend nicht die Rede.

»Ich betrüge meinen prächtigen, gütigen Mann. Und das sind nun sechs – nein, mehr! … Ich muß die Wahrheit sagen, sonst lohnt es sich nicht, zu sprechen … Es sind jetzt acht Jahre her – und dauert noch an … Es begann im dritten Monat meiner Ehe. Etwas Schmählicheres gibt es in der Welt nicht. Ich bin nicht alt, aber ich habe Kinder, verstehen Sie?«

Ich nickte zustimmend.

»Sie verstehen, was das heißt. Zweimal in meinem Leben kam ich zu ihm, wie heute zu Ihnen, den wir heute begraben haben und dessen Tod mich ganz durchwühlt, und gestand ihm, was mich bewegte. Einmal behandelte er mich barsch, das andere Mal zart, wie ein Freund. Wenn ich jetzt auch nicht mehr in der Verfassung bin, in der ich zu ihm kam, so bitte ich Sie schließlich doch, mir den Rat zu geben, den ich brauche. Das schlimmste im Leben ist der Betrug, und ich glaube zu fühlen, daß es besser ist, seine Niedrigkeit zu bekennen, die Strafe zu tragen, demütig und zerknirscht auf die Straße geworfen zu sein – ich weiß nicht, was mit mir geschehen wird, aber ich fühle das unbezwingbare Verlangen, hinzugehen und meinem Manne alles zu erzählen. Ich fühle dieses Bedürfnis seit sechs Jahren. Nach dem Beginn meines Verbrechens waren zwei Jahre vergangen, in denen ich ihn nicht sah. Dann begann es von neuem, wie früher. Sechs Jahre habe ich die Absicht, es zu sagen, und habe es doch nicht gesagt, aber heute, als ich dem Sarg Dostojewskijs folgte, beschloß ich, ein Ende zu machen, und zwar so, wie Sie mir raten werden.«

Da ich die Geschichte nicht verstanden hatte, schwieg ich und konnte ihr durchaus keinen Rat erteilen. Sie sah es an meinem Gesichtsausdruck.

»Sie müssen natürlich mehr wissen. Ich bin nicht gekommen, um Rätsel aufzugeben, sondern um zu sprechen, um alles auszusprechen. Ich müßte schamlos lügen, wenn ich mich rechtfertigen wollte. – Ich habe niemals Not gekannt, ich bin im Wohlstand geboren und lebe im Wohlstand. Die Natur hat mir meinen Anteil Verstand nicht versagt. Man gab mir eine gute Bildung, und ich hatte die Freiheit, meinen Ehegenossen selbst zu wählen – ich brauche darüber keine Worte zu verlieren. Ich heiratete einen Mann, der bis zur Stunde seinen guten Ruf mehr als bewahrt hat. Meine Lage war vortrefflich, als dieser Mensch, das heißt, ich wollte sagen, mein legitimer Gatte, mir seinen Antrag machte. Mir schien es, als gefalle er mir, und ich glaubte, daß ich ihn lieben könnte; keinenfalls dachte ich, daß ich ihn betrügen würde, ihn auf die niedrigste Weise betrügen, während ich den Ruf einer ehrenhaften Frau und guten Mutter genieße. Zu dem Betrug hat mich der Teufel selbst gebracht: Wenn Sie wollen, glaube ich an den Teufel ... Im Leben hängt so viel von den Umständen ab. Man sagt, in den Städten sei viel Schmutz, auf dem Land dagegen Reinheit: Aber es war auf dem Lande geschehen, wo ich mit diesem Menschen, mit diesem verfluchten Menschen allein zusammen war, den mein Mann selbst zu mir gebracht und meiner Sorge überlassen hatte. Wenn Reue nicht nutzlos wäre, so müßte ich bereuen, müßte endlos diese Tat bereuen, die ich meinem Mann zu verdanken habe. Aber die Sache trug sich so zu, daß ich mich nicht an den Augenblick erinnere, ich erinnere mich nur an ein Gewitter, an eines der schrecklichen Gewitter, die ich seit meiner Kindheit immer gefürchtet habe. Ich liebte ihn damals nicht, ich hatte einfach Angst, und als uns in dem großen Saal ein Blitz erhellte, ergriff ich seine Hand ... Später, ich habe keine Erinnerung daran, ging es weiter. Dann machte er eine Weltreise, kehrte zurück, und es begann von neuem: Aber jetzt will ich, daß es ein Ende nimmt, und diesmal für immer. Ich wollte es schon mehrmals, aber nie reichte mein Wille aus, es zu ertragen. Die Entschlüsse, die ich gefaßt hatte, verflogen immer eine Stunde nach seinem Erscheinen, und das Schlimmste ist – ich will nichts verheimlichen –, daß nicht er, sondern ich die Ursache war: Ich selbst sagte und erreichte es und ärgerte mich, wenn es mir schwerfiel, es zu erreichen – und wenn ich es weiter fortsetze, so wird der Betrug, meine Erniedrigung niemals ein Ende haben ...«

»Was wollen Sie nun tun?« fragte ich.

»Ich will meinem Mann alles bekennen, ich will es noch heute tun, wenn ich von Ihnen nach Hause komme.«

Ich fragte sie, wie ihr Mann sei und was für einen Charakter er habe.

»Mein Mann«, antwortete die Dame, »genießt den besten Ruf, hat einen guten Posten und ist ziemlich bemittelt; alle halten ihn für einen ehrenwerten und edlen Menschen.«

»Und Sie teilen diese Meinung?« fragte ich.

»Nicht ganz, man schreibt ihm zu viel zu. Er ist allzu verständig und ordentlich, aber er hat wenig von dem, was man Herz nennt, so ungeschickt diese Bezeichnung auch ist, die an die sogenannte Seelenharmonie erinnert, aber ich kann es nicht anders sagen. Seine Herzensregungen sind abgezirkelt, geregelt, korrekt und eintönig.«

»Und jener, den Sie lieben?«

»Was wollen Sie über ihn wissen?«

»Flößt er Ihnen Achtung ein?«

»Oh!« rief die Dame und machte eine Bewegung mit der Hand.

»Ich verstehe nicht ganz, was ich von dieser Bewegung denken soll?«

»Sie sollen denken, daß er der herzloseste, elendeste Egoist ist, der niemanden Achtung einflößt, sich nicht einmal die Mühe gibt, es zu tun.«

»Sie lieben ihn?«

Sie zuckte die Achseln und sagte: »Ich liebe ihn. Wissen Sie, es ist ein seltsames Wort, das auf aller Lippen ist und das nur sehr wenige verstehen. Lieben ist dasselbe wie zur Poesie bestimmt sein oder zur

Rechtschaffenheit. Nur sehr wenige sind zu diesem Gefühl befähigt. Unsere Bäuerinnen gebrauchen an Stelle des Wortes lieben das Wort bemitleiden und sagen nicht: Er liebt mich, sondern: Er bemitleidet mich. Das ist, meiner Ansicht nach, eine viel bessere und auch viel einfachere Erklärung. Das Wort lieben-bemitleiden heißt eben lieben im alltäglichen Sinn. Und dann gibt es noch: sich sehnen. Man sagt: mein Ersehnter, mein lieber Ersehnter ... verstehen Sie – sich sehnen ...«

Sie hielt inne und atmete schwer. Ich reichte ihr ein Glas Wasser, das sie diesmal aus meinen Händen nahm und sich dabei nicht fortwandte, aber sie war anscheinend dankbar, daß ich sie nicht genauer anblickte.

Wir schwiegen beide. Ich wußte nichts zu sagen. Sie hatte anscheinend alles Wesentliche gesagt, es konnten nur mehr Details folgen. Sie erriet meinen Gedanken genau und sagte mit leiser Stimme: »Nun denn, wenn Sie mir raten, daß ich es meinem Mann gestehen soll, so werde ich es tun, aber vielleicht können Sie mir etwas anderes sagen? Abgesehen von dem, was mir an Ihnen Sympathie und Vertrauen einflößt, haben Sie auch Erfahrung, ich bin Ihre aufmerksame Leserin. Wir Frauen fühlen auch das, was die berufsmäßigen Kritiker nicht fühlen. Sie können, wenn Sie wollen, Ihre aufrichtige Meinung sagen: Soll oder soll ich nicht zu meinem Mann gehen und ihm meine schmachvolle, langjährige Sünde gestehen?«

3.

Wie interessant diese Geschichte auch war, ich fühlte doch meine schwierige Lage. Wenn es auch viel leichter wäre, eine solche Antwort zu geben, wie sie mein Gast forderte, als einen politisch Tätigen zu beruhigen oder ihm einen gewünschten Dienst zu erweisen, so fühlte ich doch mein Gewissen hier zu einer sehr ernsten Entscheidung berufen. Ich hatte lange genug gelebt und genug Frauen gesehen, die ihre Sünden dieser Art kunstvoll zu verbergen wußten, oder sie jedenfalls nicht eingestanden. Ich habe auch zwei oder drei aufrichtige Frauen gekannt und entsinne mich, daß sie mir weniger wahrheitsliebend als grausam und affektiert erschienen. Ich fand dabei immer, daß die Frau mit ihrer ganzen Aufrichtigkeit voreilig sei und daß sie es sich ordentlich überlegen solle, bevor sie ihr Verbrechen dem mitteilt, dem sie damit vielleicht schweres Leid zufügt. Ich kümmerte mich niemals darum, wie sich die Welt zum Innenleben des Einzelnen verhält. Nicht die Welt, sondern der Mensch selbst ist mir teuer, und wenn ein Leid nicht unbedingt verursacht werden muß, warum es dann tun? Wenn die Frau ebensolch ein Mensch ist wie der Mann, ein gleichberechtigtes Glied der Gemeinschaft, und ihr dieselben Empfindungen zugänglich sind, dasselbe menschliche Gefühl wie dem Mann, was auch Christus sagt und was die Besten meines Jahrhunderts gesagt haben, was jetzt auch Leo Tolstoi sagt und worin ich eine unumstößliche Wahrheit fühle – weshalb kann dann die Frau nicht dasselbe tun wie der Mann, der das Gelübde der Keuschheit der Frau gegenüber, der er durch Treue verbunden ist, bricht und schweigt, schweigt, obwohl er sein Vergehen fühlt und dadurch manchmal die ganze Unwürdigkeit seiner Verfehlungen fast ungeschehen macht? Ich bin überzeugt, daß die Frau es ebenso tun kann. Zweifellos übersteigt die Zahl der Männer, die ihren Frauen untreu sind, die Zahl der untreuen Frauen, und die Frauen wissen es. Es gibt nicht eine, oder kaum eine Frau, die nach einer mehr oder weniger langen Trennung von ihrem Mann die Überzeugung hätte, daß der Mann ihr während dieser Trennung treu geblieben sei. Dessen ungeachtet vergibt sie ihm nach seiner Rückkehr großmütig. Die Vergebung drückt sich darin aus, daß sie gar nicht danach fragt, und seine Aufrichtigkeit würde für sie keinen Dienst, sondern eine Kränkung bedeuten. Es wäre eine Handlung, durch die etwas an den Tag gebracht wird, was sie gar nicht wissen will. In der Ungewißheit findet sie die Kraft, ihre Beziehungen fortzusetzen, als seien sie nur versehentlich unterbrochen gewesen. Ich sehe ein, daß in meinen Betrachtungen mehr praktischer Sinn steckt als abstrakte Philosophie oder hohe Moral, aber ich bin trotzdem geneigt, so zu denken, wie ich eben denke.

In dieser Richtung setzte ich also die Unterhaltung mit meinem Gaste fort und fragte: »Die schlechten Eigenschaften des Menschen, den sie lieben, flößen Ihnen doch Verachtung ein?«

»Eine sehr starke und beständige.«

»Aber Sie geben sich doch die Mühe, ihn manchmal zu rechtfertigen?«

»Zu meinem Bedauern ist das unmöglich: Es gibt für ihn keine Rechtfertigung.«

»Dann erlaube ich mir die Frage: Wie steht es mit Ihrer Entrüstung über ihn? Bleibt sie stets gleich, oder nimmt sie manchmal ab und manchmal zu?«

»Sie wird immer stärker.«

»Nun will ich Sie fragen – Sie erlauben doch, daß ich Sie frage?« – »Bitte sehr.«

»Wo befindet sich jetzt ihr Mann, während Sie bei mir sitzen?«

»Zu Hause.«

»Was tut er?«

»Er schläft in seinem Zimmer.«

»Und dann, wenn er aufsteht?«

»Er steht um acht Uhr auf.«

»Und was tut er dann?«

Mein Gast lächelte. »Er wird sich waschen, sich anziehen, zu den Kindern gehen und mit Ihnen eine halbe Stunde spielen, dann bringt man den Samowar, aus dem ich ihm ein Glas Tee einschenke.«

»So«, sagte ich, »ein Glas Tee, der Samowar, die Hauslampe, das sind prächtige Dinge, bei denen wir bleiben wollen.«

»Gut gesagt.«

»Und das verläuft mehr oder weniger – angenehm?«

»Für ihn schon, glaube ich.«

»Verzeihen Sie, in dieser Angelegenheit, die Sie die Liebenswürdigkeit hatten, mir aufzudecken, hat er allein Recht auf Rücksicht – nicht die Kinder, die niemals etwas erfahren sollen, und schließlich auch nicht Sie. Nein, auch Sie nicht, weil Sie ihm das Leid zugefügt haben, während er der leidende Teil ist. Deshalb muß man an ihn denken, daß er nicht leide; nun stellen Sie sich vor, daß er, statt seiner Gewohnheit gemäß, Tee zu trinken und vielleicht respektvoll Ihre Hand zu küssen ...«

»Nun?«

»... und dann an seine Geschäfte zu gehen, zu Abend zu essen und Ihnen eine gute Nacht zu wünschen – stellen Sie sich vor, wenn er statt dessen Ihr Geständnis hört, aus dem er erfährt, daß sein ganzes Leben vom ersten Monat an oder vielleicht sogar vom ersten Tag der Ehe an in einen derartig sinnlosen Rahmen gestellt war? Sagen Sie, erweisen Sie ihm damit einen guten oder schlechten Dienst?«

»Ich weiß es nicht. Wenn ich das wüßte, wenn ich diese Entscheidung treffen könnte, so wäre ich nicht hier und würde nicht darüber sprechen. Ich frage Sie um Rat, was ich tun soll.«

»Einen Rat kann ich Ihnen nicht geben, aber ich kann Ihnen die Meinung sagen, die ich mir gebildet habe. Damit sie aber eine Form annimmt, erlaube ich mir, eine Frage an Sie zu richten: Die Gefühle bleiben im Menschen nie in ein und derselben Stärke ... Vermindert sich ihre Abneigung gegen jenen?«

»Nein, sie verschärft sich.«

Sie schrie es förmlich aus ihrem wehen Herzen, ja, sie schien aufspringen zu wollen, um etwas aus dem Weg zu gehen, was ich in meiner Vorstellung sah. Obwohl ich ihr Gesicht nicht sehen konnte, fühlte ich, daß sie entsetzlich litt und daß ihr Schmerz einen Grad erreicht hatte, dem eine Entspannung folgen mußte.

»Folglich«, sagte ich, »verurteilen Sie ihn immer strenger ...«

»Ja, immer mehr und mehr.«

»Schön«, sagte ich, »jetzt erlaube ich mir Ihnen zu sagen, daß ich es für das Verständigste hielte, wenn Sie sich, nach Hause zurückgekehrt, an Ihren Samowar setzen würden wie bisher.«

Sie hörte schweigend zu. Ihre Augen waren auf mich gerichtet, ich sah sie durch den Schleier glänzen und hörte ihr Herz laut und schnell schlagen.

»Sie raten mir, mein Schweigen fortzusetzen?«

»Ich rate Ihnen nicht, aber ich denke, daß es für Sie, für ihn und für Ihre Kinder das beste wäre.«

»Aber warum das beste? Das heißt doch, es endlos in die Länge ziehen?«

»Darum das beste, weil durch Offenheit alles nur noch schlimmer würde, und diese Endlosigkeit wäre noch trauriger als jene, von der Sie sprachen.«

»Meine Seele würde durch Leiden geläutert werden.«

Mir schien, als sähe ich ihre Seele: Sie war lebendig und triebhaft, aber keine von jenen, die vom Leid geläutert werden. Deshalb sagte ich nichts mehr über ihre Seele, sondern erwähnte wieder die Kinder.

Sie rang die Hände, daß die Finger knackten, und senkte langsam den Kopf.

»Und was wird das Ende dieses Liedes sein?«

»Ein gutes Ende.«

»Auf was hoffen Sie?«

»Darauf, daß Ihnen dieser Mensch, den Sie lieben, oder, Ihren Worten nach, nicht lieben, aber an den Sie sich gewöhnt haben, von Tag zu Tag verhaßter werden wird.«

»Ach, er ist mir schon so verhaßt.«

»Er wird es noch mehr werden, und dann ...«

»Ich verstehe Sie.«

»Ich bin sehr froh darüber.«

»Sie wollen, daß ich ihn schweigend fallenlasse?«

»Ich glaube, daß es der glücklichste Ausweg aus Ihrem Leid wäre.«

»Und dann ...«

»Und dann werden Sie alles wieder gutmachen ...«

»Wieder gutmachen ... Das ist unmöglich.«

»Verzeihen Sie, ich wollte damit sagen, Sie werden ihre Sorgfalt für Ihren Mann und Ihre Kinder verdoppeln. Sie sollen die Vergangenheit nicht vergessen, sondern die Erinnerung an das Vergangene bewahren und darüber genügend Anlaß finden, für andere zu leben.«

Sie stand auf, stand unerwartet auf, zog ihren Schleier noch tiefer, streckte mir die Hand entgegen und sagte: »Ich danke Ihnen, ich bin froh, daß ich meinem inneren Gefühl gefolgt habe, das mir riet, zu Ihnen zu gehen, als mich der schreckliche Eindruck der Beerdigung so erregt hatte. Ich kam wie eine Verrückte nach Hause, und wie gut ist es, daß ich nichts von all dem getan habe, was ich tun wollte. Leben Sie wohl.« Sie gab mir wieder die Hand und drückte sie so fest, als wolle sie mich auf dem Platz zurückhalten, auf dem wir standen. Dann verneigte sie sich und ging.

4.

Ich wiederhole, daß ich das Gesicht dieser Frau nicht gesehen habe; nur nach dem Kinn und dem durch den Schleier wie durch eine Maske verhüllten Gesicht zu urteilen war schwierig, aber von ihrer Gestalt hatte ich, trotz des Plüschmantels und des Hütchens, den Eindruck von etwas Graziösem. Es war eine elegante, leichte Gestalt, die einen ungewöhnlich lebhaften und starken Eindruck in meinem Gedächtnis hinterließ.

Ich hatte diese Dame bisher noch nirgends getroffen, und auch der Stimme nach war sie mir unbekannt. Sie sprach mit ihrer unverstellten Stimme, einem klangvollen, tiefen, sehr angenehmen Alt. Ihre Bewegungen waren elegant, man konnte annehmen, daß sie den hohen Gesellschaftskreisen angehörte, noch genauer, dem höchsten Beamtenkreis, daß sie die Frau eines Direktors oder Vize-Direktors eines Departements war oder etwas in dieser Art. Mit einem Wort, die Dame war und blieb mir unbekannt.

Seit dem Begräbnis Dostojewskijs und der von mir erzählten Begebenheit waren drei Jahre vergangen. In diesem Winter war ich erkrankt und im Frühjahr darauf reiste ich in ein ausländisches Bad. Ein Freund und eine meiner Verwandten begleiteten mich zum Bahnhof. Wir fuhren in einem Wagen, ich hatte mein Gepäck bei mir. An der Kreuzung einer der in den Newskij-Prospekt mündenden Straßen vor der Auffahrt eines großen staatlichen Gebäudes erblickte ich eine Dame. Trotz meiner Kurzsichtigkeit erkannte ich meine Unbekannte. Ich war ganz unvorbereitet, dachte gar nicht an sie, und deshalb frappierte mich diese Begegnung. Mich durchzuckte der Gedanke, aufzustehen, an sie heranzutreten, sie etwas zu fragen, aber da fremde Leute dabei waren, tat ich es zum Glück nicht und rief nur aus: »Bei Gott, das ist sie!« und gab damit meinen Begleitern Anlaß zur Heiterkeit. Sie war es in der Tat gewesen.

Nach der Gewohnheit aller Russen oder wenigstens der meisten Russen machte ich eine Rundreise. Zunächst fuhr ich nach Paris, im Juli trank ich Heilquellen, und erst später im August erschien ich dort, wo ich im Juni hätte sein sollen. Ich lernte bald die übrigen dort zur Kur weilenden Russen kennen, so daß mir die Ankunft neuer Landsleute auffiel. Als ich eines Tages auf einer Parkbank saß, an der die Straße zum Bahnhof vorüberführte, erblickte ich eine Kalesche, in der ein Herr in hellem Überzieher und Hut, eine Dame mit Schleier und ihnen gegenüber ein neunjähriger Knabe saßen.

Und wieder geschah mir dasselbe, wie bei meiner Abreise aus Petersburg: »Mein Gott, das ist sie!«

Sie war es in der Tat.

Am anderen Tag im Parkhotel sah ich beim Kaffee ihren wohlanständig, aber etwas abgelebt aussehenden Mann und ihr ungewöhnlich schönes Kind. Der Knabe hatte etwas Zigeunerhaftes, er war gebräunt, hatte schwarze Locken und große, himmelblaue Augen.

Ich erlaubte mir eine kleine Keckheit und bestach den Kellner, damit er mir einen Tisch in ihrer Nähe gebe. Ich wollte ihr Gesicht betrachten. Sie war hübsch und hatte weiche, angenehme Züge, die aber einen etwas unbedeutenden Ausdruck zeigten. Sie erkannte mich zweifellos und gab sich zwei-, dreimal Mühe, sich so zu setzen, daß ich sie nicht beobachten konnte. Später stand sie auf, blieb neben einer mir bekannten Dame stehen, sprach mit ihr und ging zu ihrem Mann zurück.

Abends, nach dem Nachtischkaffee, sagte mir meine Bekannte, an die die Dame herangetreten war, daß sie mich Frau N. vorstellen wolle, was sie auch gleich tat. Ich sagte ihr eine herkömmliche Phrase, die sie mit ebenso herkömmlichen Worten beantwortete, aber an diesen Worten, an dieser Stimme, an ihren Bewegungen erkannte ich sie wieder. Sie war es zweifellos, und sie war klug genug, zu begreifen, daß ich sie erkannt hatte; trotzdem entschloß sie sich, meine Bekanntschaft zu machen. Sie konnte mit meiner Anständigkeit rechnen und auf das Versprechen, das ich ihr damals gegeben hatte, bauen.

Seit der Zeit trafen wir uns und unternahmen sogar einige gemeinsame Ausflüge mit bekannten Damen und mit ihrem Sohn. Ihr Mann liebte diese Unternehmungen nicht, er hatte Schmerzen im Knie und hinkte leicht. Ich hatte keine Vorstellung davon, was mit ihm vorging: Entweder war ihm seine Frau lästig, oder er wollte frei sein und sich einer, vielleicht mehr als einer der zugereisten Damen zweifelhaften Rufes widmen.

Bei allen unseren Begegnungen und Gesprächen machte sie nie eine Andeutung, doch ich fühlte wohl, daß wir einander verstünden. In dieser Situation trat mit einem Mal ein ganz unvorhergesehener Fall ein.

An einem prächtigen Morgen war sie nicht erschienen, um ihren Mann zum Brunnen zu begleiten. Er war auch beim Kaffee allein und erzählte, daß ihr Anatol erkrankt und seine Frau vor Kummer außer sich sei.

Um acht Uhr abends brachte mir mein Portier die erschreckende Nachricht, daß in einem der Hotels ein Kind an Diphtherie gestorben sei. Es war natürlich der Sohn meiner Unbekannten.

Ich gehöre nicht zu den überängstlichen Menschen, nahm also gleich meinen Hut und ging in das Hotel. Mir schien aus irgendeinem Grund, daß sich ihr Gemahl allzu teilnahmslos verhalte, und dachte, wenn das kranke Kind ihr Sohn sei, könne ihr vielleicht meine Hilfe oder mein Beistand dienlich sein.

Ich kam in ihr Hotel. Niemals werde ich vergessen, was ich dort sah. Sie hatte zwei Zimmer. In dem ersten, dem Empfangszimmer mit den roten Plüschmöbeln stand mit aufgelöstem Haar und starren Augen meine Unbekannte. Sie streckte ihre beiden Hände mit gespreizten Fingern vor sich hin und verteidigte mit ihrem Körper den Diwan, auf dem etwas mit einem weißen Laken Bedecktes lag. Aus dem Laken sah ein kleiner, blau angelaufener Fuß hervor, das war er – der tote Anatol. An der Tür standen zwei Männer in grauen Mänteln, vor ihnen eine Kiste, kein Sarg, sondern eine Kiste von etwa zwei Arschin Tiefe, die bis zur Hälfte mit etwas Weißem angefüllt war, das ich erst für Milch oder Stärke hielt. Vor ihr standen ein Polizeikommissar und ein Bürger mit irgendeinem Abzeichen. Alle sprachen laut. Der Gatte der Dame war nicht zu Hause, sie war allein, stritt, leistete Widerstand und rief, als sie mich sah: »Mein Gott! Schützen Sie mich! Helfen Sie mir! Sie wollen mir das Kind nehmen, sie wollen es nicht beerdigen lassen. Es ist eben gestorben.«

Ich wollte für sie eintreten, aber es wäre ganz zwecklos gewesen, auch wenn wir die vier Menschen hätten überwältigen können, die sie nun ohne alle Umstände und ziemlich grob in das andere Zimmer stießen und die Tür abschlossen, gegen die sie dann vergeblich unter entsetzlichem Stöhnen mit den Fäusten schlug. Inzwischen nahmen die Männer das Kind, das noch eben so blühend gewesen war, versenkten es in die Kalklauge und gingen eilig mit der Kiste fort.

5.

In den kleinen Badeorten und Städtchen sind Todesfälle äußerst unbeliebt. Die Inhaber der Hotels und möblierten Zimmer suchen solche Mieter zu meiden, deren Gesundheitszustand sie einen baldigen Tod befürchten läßt.

In keinem dieser Städtchen sind Beerdigungsprozessionen gestattet, und wenn ein Todesfall eintritt, so wird er vor allen Unbeteiligten verheimlicht, und der Tote wird ohne jede Beerdigungsfeier mit der Bahn fortgebracht.

Ansteckende Krankheiten mit tödlichem Ausgang kommen nur sehr selten vor, und in dem Ort, wo der Sohn meiner Bekannten gestorben war, geschah es zum erstenmal. Die Nachricht darüber verbreitete sich mit unglaublicher Geschwindigkeit unter dem Publikum und rief, besonders unter den Damen, panischen Schrecken hervor.

Die Ärzte des Ortes, die an einem solchen Platz stets den führenden Stand ausmachen, gaben sich alle Mühe, die aufgeregten Gemüter zu beruhigen, überboten einander an Eifer, verzankten sich und bildeten zwei Lager. Die einen, zu denen die beiden Ärzte gehörten, die das Kind behandelt hatten, gaben zu, daß die Todesursache tatsächlich Diphtherie gewesen sei, erklärten aber, daß gegen die Ansteckungsgefahr alle notwendigen Maßnahmen getroffen worden, daß sie in besonderen Kleidern zu dem Kind gegangen seien und daß sie sich nachher sorgfältig desinfiziert hätten. Zwei von ihnen ließen sich sogar die Bärte abnehmen, um zu beweisen, wie ernst sie die Sache nähmen. Die anderen aber, die überwiegende Mehrzahl, behaupteten, der Fall sei ziemlich zweifelhaft gewesen, führten sogar Gegenbeweise an und beschuldigten ihre Kollegen, die Krankheit des Kindes übertrieben zu haben. Daraus entstand eine große, nutzlose Unruhe, die die Kranken um ihre Ruhe brachte und mehr als alles andere die wirtschaftlichen Interessen der Einwohner bedrohte. Diese zweite medizinische Fraktion mißbilligte das rücksichtslose und schroffe Vorgehen der Stadtverwaltung gegen Frau N., der man das Kind mit räuberischer Gewalt entrissen hatte, fast noch im Augenblick des Todes, ja vielleicht noch früher, noch bevor die letzten Lebensfunken erloschen waren. Mit dem Hinweis auf diese Rücksichtslosigkeit wollten die Ärzte die Aufmerksamkeit des Publikums von sich auf die anderen ablenken, deren Benehmen in der Tat ungewöhnlich roh gewesen war. Aber das gelang ihnen nicht. Der menschliche Egoismus pflegt in Augenblicken der Gefahr besonders widerwärtig zu werden. Unter dem Publikum fand sich niemand, der der traurigen Lage der unglücklichen Mutter auch nur ein wenig Aufmerksamkeit geschenkt hätte. – War es tatsächlich Diphtherie gewesen, so waren keine Umstände am Platz, und je entschlossener und fester die Beamten gehandelt hatten, um so besser war es. Man darf doch nicht die anderen der Gefahr aussetzen! Man interessierte sich nur für das eine: Wohin hatte man die Kiste mit dem gefährlichen Toten gebracht. Aber die Nachricht darüber war beruhigend. Man hatte die Kiste in den schwarzen Sumpf gebracht, aus dem man früher den Heilschlamm für die Bäder holte. Sie war an einer der tiefen Stellen des Sumpfes versenkt, mit Steinen überschüttet und nochmals mit Kalklauge übergossen worden. Sorgfältiger und energischer konnte man wohl mit einer solchen Leiche kaum verfahren. Nun begann aber die Vergeltung an dem Hotel, aus dem fast die gesamten Insassen geflüchtet waren, mit Ausnahme der Ärmeren, die sich den Luxus nicht leisten konnten, das für den Monat vorausbezahlte Zimmer aufzugeben. Das ganze Hotel mußte desinfiziert werden, jedenfalls die Zimmer, die die Familie N. bewohnt hatte, sowie die anstoßenden Räume. Ebenso mußte der Korridor desinfiziert werden, durch den der Knabe gelaufen war, und die Ecke des Speisesaales, in der die Familie N. ihre Mahlzeiten eingenommen hatte. Das alles machte eine sehr bedeutende Rechnung, wenn ich nicht irre, über dreihundert Gulden, weil man es auch für notwendig hielt, die Polstermöbel der drei Appartements zu verbrennen und in den anderen Räumen die Gardinen, Teppiche und Portieren durch neue zu ersetzen. Aus diesem Anlaß wurden an Herrn N. vom Hotelinhaber Geldforderungen gestellt. Die Stadtvertreter unterstützten die Rechte des Besitzers und behaupteten, daß er trotz der geforderten Entschädigung einen Verlust erleiden werde, da viele Räume während der ganzen Saison leer stehen würden. Auch für die Zukunft verliere der Wirt einen großen Teil seiner Gäste, da die meisten Besucher das Hotel meiden würden, weil in dem Haus ein Diphtheriefall vorgekommen sei.

Forderungen dieser Art waren für die Kurgäste neu, und alle interessierten sich für den Ausgang dieser Angelegenheit. Die einen fanden die Forderung schikanös, die anderen gerecht, jedoch viel zu hoch. Überall sprach man darüber, und Herr N. wurde zu einer interessanten Persönlichkeit. Es war erstaunlich, daß man ihn nicht fürchtete. Aber man sprach mit ihm, weil man wußte, daß er als kranker Mann sofort nach der Erkrankung seines Sohnes sein Zimmer verlassen hatte und bis zu dessen Tode nicht zurückgekehrt war. Nach seiner Frau erkundigte sich niemand, und sie war einige Tage lang nicht zu sehen. Man nahm an, daß sie abgereist oder krank sei. Für die Leute, die sich für die Sitten des Auslandes interessierten, war Herr N. eine sehr interessante Persönlichkeit. Jeden Tag berichtete er, welche Forderungen an ihn gestellt wurden und was er auf sie geantwortet hätte. Er stellte nicht in Abrede, daß der Hotelinhaber Verluste erlitten habe und daß der Tod des Knaben tatsächlich die Ursache dieser Verluste sei, aber er bestritt das Recht einer willkürlichen Zahlungsforderung an ihn, die er nicht ohne Gerichtsbeschluß begleichen wolle.

»Nehmen wir an«, sagte er, »daß ich bezahlen muß, aber das darf mir nicht durch irgendeinen Kommissar und drei Kleinbürger erklärt werden, sondern durch einen formellen Gerichtsbeschluß, dem ich mich unterwerfen kann. Und außerdem, was bedeutet dieses Urteil: zahlen – schön, wenn ich die Mittel habe zu zahlen. Man kann mir meinen Koffer nehmen, aber nicht mehr. Wäre ein Armer an meiner Stelle gewesen, so würde man mit ihm überhaupt nicht reden.«

Alle waren mit dieser komplizierten Frage beschäftigt, und um Herrn N. bildeten sich in einem fort Kreise, die über seine Rechte und seine Unannehmlichkeiten diskutierten. Die Angelegenheit aber wurde bald darauf friedlich beigelegt. Die Stadt wollte die Sache nicht vor Gericht kommen lassen, weil dadurch das Gerede über den Diphtheriefall noch größeren Umfang angenommen hätte, und man entschloß sich, die Angelegenheit durch ein Übereinkommen zu erledigen, nach dem Herr N. nur die Rechnung des Desinfektionsunternehmers bezahlen sollte. Damit wäre die Angelegenheit erledigt gewesen, doch da trat plötzlich ein neues Ereignis ein: Frau N., die acht Tage in dem großen Hotelzimmer verbracht hatte, ging täglich an den Sumpf, in den man die Kiste mit dem Körper ihres Kindes geworfen hatte. Am neunten Tag kehrte sie von diesem Gang nicht zurück. Man suchte sie vergeblich, niemand hatte sie im Park oder im Wald gesehen. Sie kam zu keiner ihrer Bekannten, trank in keinem der Restaurants ihren Tee, sondern war einfach verschwunden. Mit ihr waren auch die gußeisernen Hanteln verschwunden, mit denen ihr Mann Zimmergymnastik trieb. Vergeblich suchte man sie drei, vier Tage und begann dann Verdacht zu schöpfen, sie habe sich vielleicht im Sumpfe ertränkt. Wie es heißt, hat sich diese Annahme später auch bestätigt. Ihren Leichnam, als er an die Oberfläche gekommen war, hatte der Sumpf wieder hinuntergezogen. So kam sie um.

Das Ereignis war durch seine Tragik bemerkenswert, vor allem durch die Ruhe, mit der alles vor sich gegangen war. Die verschwundene Frau N. hatte weder etwas Schriftliches noch sonst irgendwelche Anzeichen ihres Entschlusses hinterlassen; Herr N. erregte viel Mitgefühl. Er selbst hüllte sich bescheiden in ein kaltes und verschlossenes Schweigen. Er sagte, es sei am besten für ihn, wenn er abreise, reiste aber seiner schwachen Gesundheit halber, die die Fortsetzung der Kur an dieser Heilquelle erforderte, nicht ab.

Wir vertrugen uns nur schlecht miteinander, wahrscheinlich waren wir Menschen mit sehr ungleichen Charakteren. Ungeachtet dessen, daß ich um das Geheimnis seiner Ehe wußte, das mich hätte veranlassen sollen, ihn zu bemitleiden, war er mir weit widerwärtiger als seine Frau, die sich an ihm als Ehemann vergangen hatte. Ich hatte keinen Grund, eine Annäherung mit ihm zu wünschen, aber in einer für mich unverständlichen Anwandlung würdigte er mich plötzlich seiner Aufmerksamkeit und erwähnte in den Gesprächen, die sich zwischen uns entspannen, oft und gern seine verstorbene Frau.

Biographie

1831 *4./16. Februar:* Nikolai Semjonowitsch Leskow wird in Gorochowo im Gouvernement Orjol als Sohn eines geadelten Beamten geboren.
1846 Er verlässt das Gymnasium in Orjol ohne einen Abschluss.
1847 Nach dem finanziellen Ruin der Familie beginnt er als Kanzleibeamter beim Kriminalgericht von Orjol zu arbeiten.
1850 Er wechselt zur Verwaltungsbehörde nach Kiew. Dort erweitert er durch die Unterstützung eines Onkels seine Kenntnisse in den Wissenschaften und Künsten.
1853 Ehe mit Olga Smirnowa, daraus gehen ein Sohn und eine Tochter hervor.
1857 Er scheidet bei der Behörde aus und tritt in den Dienst einer englischen Handelsfirma, in deren Auftrag er große Teile Russlands bereist. Die vielfältigen Eindrücke dieser Reisen finden Niederschlag in seinen späteren Werken.
1860 Leskow kündigt seine Stellung, verlässt seine Frau und lässt sich als Journalist in St. Petersburg nieder. Erst dort beginnt er seine schriftstellerische Tätigkeit.
1862 Er ist aufgrund eines missverstandenen Zeitungsartikels, in dem er sich zu den gehäuften Brandstiftungen in St. Petersburg äußert, heftigen Anfeindungen ausgesetzt. Über mehrere Jahre wird er als Reaktionär abgestempelt, wodurch ihm die künstlerische Anerkennung seiner Werke lange Zeit versagt bleibt.
Reisen durch Osteuropa und Frankreich.
1863 »Amur v lapoto Úkach« (»Liebe in Bastschuhen«).
»Ovcebyk« (»Der Schafochs«, München 1926).
1865 »Ledi Makbet Mcenskogo Uezda« (»Die Lady Macbeth des Mzensker Landkreises«, München 1921).
1866 »Voitel'nica« (»Die Kampfnatur«, München 1925).
1872 In seiner Romanchronik »Soborjane« stellt er als erster russischer Schriftsteller Geistliche als Hauptfiguren in einer größeren Prosadichtung dar.
1873 »Zapečatlennyj Angel« (»Der versiegelte Engel und andere Geschichten«, München 1922).

1874	Er erhält eine Stellung im Kultusministerium. »Pavlin« (»Pawlin«, München 1922).
1879	»Čertogon« (»Eine Teufelsaustreibung und andere Geschichten«, München 1921).
1881	»Der stählerne Floh« (»Levša«, München 1921).
1883	Er wird aus seiner Stellung wegen kritischer Äußerungen über Kirche und Staat entlassen. Danach widmet er sich ganz der Schriftstellerei.
1895	*21. Februar/5. März:* Er stirbt in St. Petersburg an einem chronischen Herzleiden, nach andere Quellen an einer Krebserkrankung, und wird auf dem Petersburger Wolkowo-Friedhof beigesetzt.

Erzählungen aus dem Biedermeier

Biedermeier - das klingt in heutigen Ohren nach langweiligem Spießertum, nach geschmacklosen rosa Teetässchen in Wohnzimmern, die aussehen wie Puppenstuben und in denen es irgendwie nach »Omma« riecht.

Zu Recht. Aber nicht nur.

Biedermeier ist auch die Zeit einer zarten Literatur der Flucht ins Idyll, des Rückzuges ins private Glück und der Tugenden. Die Menschen im Europa nach Napoleon hatten die Nase voll von großen neuen Ideen, das aufstrebende Bürgertum forderte und entwickelte eine eigene Kunst und Kultur für sich, die unabhängig von feudaler Großmannssucht bestehen sollte.

Georg Büchner Lenz **Karl Gutzkow** Wally, die Zweiflerin **Annette von Droste-Hülshoff** Die Judenbuche **Friedrich Hebbel** Matteo **Jeremias Gotthelf** Elsi, die seltsame Magd **Georg Weerth** Fragment eines Romans **Franz Grillparzer** Der arme Spielmann **Eduard Mörike** Mozart auf der Reise nach Prag **Berthold Auerbach** Der Viereckig oder die amerikanische Kiste

ISBN 978-3-8430-1884-5, 444 Seiten, 29,80 €

Erzählungen aus dem Biedermeier II

Annette von Droste-Hülshoff Ledwina **Franz Grillparzer** Das Kloster bei Sendomir **Friedrich Hebbel** Schnock **Eduard Mörike** Der Schatz **Georg Weerth** Leben und Taten des berühmten Ritters Schnapphahnski **Jeremias Gotthelf** Das Erdbeerimareili **Berthold Auerbach** Lucifer

ISBN 978-3-8430-1885-2, 440 Seiten, 29,80 €

Erzählungen aus dem Biedermeier III

Eduard Mörike Lucie Gelmeroth **Annette von Droste-Hülshoff** Westfälische Schilderungen **Annette von Droste-Hülshoff** Bei uns zulande auf dem Lande **Berthold Auerbach** Brosi und Moni **Jeremias Gotthelf** Die schwarze Spinne **Friedrich Hebbel** Anna **Friedrich Hebbel** Die Kuh **Jeremias Gotthelf** Barthli der Korber **Berthold Auerbach** Barfüßele

ISBN 978-3-8430-1886-9, 452 Seiten, 29,80 €